Le naufrage de Venise

DE LA MÊME AUTRICE

Rendez-vous avec la mer, *Solar, 1996*
Un solitaire autour du monde, *Arthaud, 1997*
Aventuriers du monde, *sous la direction de Pierre Fournié, Gallimard, 2005*
Kerguelen, le voyageur du pays de l'ombre, *Grasset, 2006*
Salut au Grand Sud, *Stock, 2006 ; Le Livre de poche, 2007*
Versant océan : l'île du bout du monde, *Grasset, 2008*
Seule la mer s'en souviendra, *Grasset, 2009 ; Le Livre de poche, 2011*
L'Amant de Patagonie, *Grasset, 2012 ; Le Livre de poche, 2013*
La Terre pour horizon : entretien avec Isabelle Autissier, *Les Presses d'Île-de-France, 2013*
Chroniques au long cours, *Arthaud, 2013*
Passer par le nord : la nouvelle route maritime, *avec Erik Orsenna, Paulsen, 2014*
Soudain, seuls, *Stock, 2015 ; Le Livre de poche, 2016*
Oublier Klara, *Stock, 2019 ; Le Livre de poche, 2020*

Isabelle Autissier

Le naufrage de Venise

roman

Stock

Photo : © Mark Owen / Trevillion Images
Couverture : Le Petit Atelier

ISBN 978-2-234-09110-8

La brume sied bien aux ruines. Elle ourle les déchirures de la pierre, le saillant de poutrelles devenues inutiles. Elle berce de son voile la tristesse d'un encorbellement effondré, d'un toit béant, d'une façade aux fenêtres vides comme autant d'yeux morts. Et puis, ces vapeurs laissent l'illusion que le mal n'est pas irrémédiable, ce n'est peut-être qu'un effet d'estompe. On se prend à rêver que tout à l'heure, quand le soleil percera, il dissipera cette impression. Le flou se résoudra et les dommages n'apparaîtront pas si grands. Une main invisible relèvera la touche pause et la vie reprendra comme avant. Les rues s'animeront de passants, de touristes, et avec eux du crincrin des roulettes de leurs valises, des cris, des pétarades des moteurs des vedettes, de l'odeur de poussière et d'huiles recuites des restaurants.

Malheureusement, depuis des mois, le soleil n'opère pas ce miracle et la lagune se surpasse en matière de brouillard. Est-ce l'effondrement qui a envoyé dans l'atmosphère quelques vapeurs méphitiques si denses qu'elles sont impossibles à chasser ? Ou, plus simplement, la lagune n'en finit-elle pas de pleurer sa ville : Venise.

Guido est allongé, immobile, tel un gisant du Moyen Âge, la couverture remontée jusqu'au menton. Le corps paraît massif, pas très grand, guère plus d'un mètre soixante-dix, ce qui l'a toujours agacé. Sa tête repose bien droite sur l'oreiller. Il en ressort des pommettes saillantes, une mâchoire carrée, de larges orbites bordées d'un côté de sourcils broussailleux et de l'autre de profondes cernes. Ce visage pourrait apparaître triste et mou, mais une impression jouisseuse l'emporte avec la grande bouche aux lèvres épaisses et le large nez, typique de ses ancêtres, dont seules les narines qui palpitent signalent qu'il est en vie. Après des mois d'hôpital, son teint blême fait ressortir la couperose. Avec la fatigue des opérations et des soins, il se néglige. Une barbe de trois jours et des mèches grisâtres ont remplacé le visage glabre et la coupe stricte qu'il s'est toujours imposée. Il ouvre brusquement les yeux et les maintient sans ciller. Ses iris sont d'un beau gris, pailleté d'or, son arme de séduction.

Guido a cette faculté de passer instantanément du sommeil à la veille. Il adore ce moment où il lui semble être extralucide et accorde toujours confiance aux premières idées qui lui viennent à l'esprit, celles que le sommeil a ciselées, qu'il appelle ses gamberges de nuit. Ce matin-là, la décision s'impose : il doit retourner à Venise.

Pendant de longs mois, revenir ne faisait pas sens. D'abord Guido a subi une longue hospitalisation, épaule brisée, thorax enfoncé, fracture du crâne. À la sortie du coma artificiel, il a vécu les méandres interminables du retour à la réalité dans un centre de postcure. Au fur et à mesure de sa convalescence, les douleurs physiques s'estompaient, mais les problèmes le submergeaient. Pour la première fois de son existence, il répugnait à faire face. Il rêvait à un coup de baguette magique qui l'aurait fait disparaître d'ici pour l'envoyer le plus loin possible, quelque part dans une île du Pacifique, ou même chez n'importe quelle tribu de sauvages au fin fond d'une forêt impénétrable. Loin, le plus loin possible de ce qui l'assaillait : la mort de Maria Alba, la disparition de Léa, l'écroulement de l'immeuble où il avait passé les plus beaux moments de sa vie, sans compter les amis, les maîtresses et même quelques fieffés adversaires dont il apprenait la mort, jour après jour.

La paperasse aussi l'horripilait. Il avait dû se mesurer seul aux déclarations, réclamations, sommations qu'il fallait envoyer aux banques, aux assurances, au fonds d'indemnisation des victimes, en pestant contre ces imbéciles de fonctionnaires planqués qui lui réclamaient des attestations et des preuves évidemment perdues dans le grand chambardement. Son statut d'élu ne semblait même pas l'aider. Passé les mails de condoléances, il ne récoltait au mieux qu'un intérêt poli quand il se recommandait de la mairie.

L'avalanche de critiques publiques l'avait touché plus qu'il ne voulait l'admettre. Il ne s'était pas formalisé que l'on ait traité l'ensemble de la municipalité d'incompétents et de corrompus. C'était monnaie courante. L'épithète d'assassin sonnait gravement, mais pouvait passer pour une réaction de désespoir temporaire. Mais s'en prendre au développement de Venise, à la vision de la prospérité qu'il s'était attaché à construire, qui avait occupé ses jours et ses nuits, son énergie et les talents qu'il s'attribuait, cela lui était vraiment insupportable. Tout juste si on ne le considérait pas comme personnellement responsable de la catastrophe. Que cela vienne des copains écolos de Léa ne l'étonnait pas, mais de ses propres amis, de la coalition avec laquelle il avait gouverné, mais aussi bagarré et ripaillé, le blessait profondément. Quand il était de meilleure humeur, il se disait qu'en politique Voltaire avait raison : « Mon Dieu, gardez-moi de mes amis. Quant à mes ennemis, je m'en charge. » Quand il broyait du noir, des bouffées de haine lui acidifiaient le gosier contre ceux qui cherchaient à se défausser sur lui et à l'instrumentaliser. Après une période de boulimie, il avait renoncé à lire les journaux, à regarder la télévision et abandonné son compte Twitter.

L'aube est encore violette quand il quitte l'appartement dans lequel il s'est réfugié à Mestre, en face de Venise. La vedette qu'on lui a prêtée l'attend dans l'arrière-port de Marghera. Un brouillard sombre avale le paysage et étouffe les bruits. Dans la lagune, il est seul au monde. À peine distingue-t-il à main droite la masse plus foncée du pont de la Liberté, l'unique voie d'accès à Venise en voiture. En d'autres temps, à cette heure-ci, il aurait grouillé de véhicules. On l'aurait entendu plus qu'on ne l'aurait vu, par son grondement sourd. Il est maintenant fermé à la circulation, comme toute la ville. Guidé par son GPS, Guido atteint en une demi-heure la pointe nord-est de Venise. Il aurait pu entrer directement par le canal de Cannaregio, pour accéder au Grand Canal. Mais des immeubles écroulés barrent sans doute le passage. Et puis il ne veut pas de cet accès de service. Il veut le vrai, celui qui coupait le souffle à trente millions de personnes par an et déchaînait les imaginaires. Arriver par le sud et s'engager d'entrée de jeu entre le palais des Doges et le globe d'or de la Dogana pose l'exception vénitienne. Où que se porte le regard, il ne croise que raffinements. La ville s'offre à la fois avec son unité, compacte, résistante au milieu des eaux, et comme une infinie variété de dentelles de pierres, dont chacune murmure son histoire. Ce paradoxe saute aux yeux : Venise retranchée sur son nid de vase et de boues, Venise ouverte par la profusion de ses canaux où transitaient et transitent encore toutes les nations du monde. La ville cultive les superlatifs : trop de palais, trop d'églises, trop d'élégances sont réunis en un seul lieu. Même si on s'y est préparé, Venise époustoufle, elle intrigue, elle affole, elle fascine.

Guido s'est abreuvé des mille photos de la catastrophe et des terribles dyptiques « avant-après ». Il les a examinés ad nauseam. À chaque détail qu'il pointait, chacun de ces effondrements, chacune de ces dislocations lui causait comme une piqûre à l'endroit du cœur. Il imaginait qu'un petit trou se formait dans sa poitrine par où s'échappait un peu de son fluide vital. Quel crédit apporter à ces clichés de magazines ? Comment en admettre le verdict ? Il y a parfois des choses que l'on sait et qui ne sont tout simplement pas acceptables. Il parcourait les centaines de vidéos capturées par les téléphones portables comme, plus de vingt ans auparavant, le monde entier s'était saoulé des images de l'effondrement des tours de Manhattan sans arriver à s'en convaincre, remâchant sa sidération. Sur son ordinateur, il contemplait ces étranges mouvements de l'horizon, les vacillements, les béances qui s'élargissent, les pans de murs se résolvant en nuages de poussières, les cris, les pleurs, les lumières qui s'éteignent, les incendies qui s'allument et, dans cette ambiance de fin du monde, un grondement spasmodique, dernier râle d'une ville qui meurt. Dès qu'il arrêtait les vidéos et regardait par la fenêtre de l'hôpital le calme de ce début d'automne vénitien, les deux réalités se percutaient. Son cerveau n'arrivait pas à superposer les témoignages tragiques d'hier et le paisible balancement des feuilles des arbres. La tentation de dénier l'insupportable l'envahissait. Pourtant, s'il remuait un tant soit peu, la douleur de ses blessures lui rappelait que le pire était bien advenu.

En approchant du nord de Venise, malgré le brouillard, Guido commence à distinguer les façades ocre et vieux rose. Ce secteur a moins souffert que le reste de la ville, pourtant il ressent un premier coup au cœur à la hauteur de la basilique San Zanipolo. Il n'a jamais aimé cette construction qu'il juge prétentieuse. Quand il voulait faire enrager Maria Alba, il l'appelait la grosse dondon. La seule chose qui l'amusait était les trois fins clochetons posés en haut de la façade comme des sucreries sur un gâteau de mariage. Ils ont disparu, comme la coupole et une partie du toit, dont il imagine le bruit de tonnerre qu'il a déclenché quand il s'est écrasé plus de trente mètres en contrebas. Cela fait naître en lui une nostalgie, quasiment de la pitié pour ce monument qui a accompagné les Vénitiens huit siècles durant. La légende voulait que sa construction résulte d'un rêve du doge Tiepolo qui vit un vol de colombes se poser à cet endroit dans un marécage. Il l'interpréta comme le signe que Dieu bénissait ce lieu qu'il fallait lui consacrer. Lorsque Guido avait des visiteurs étrangers, il ne manquait pas de les amener à San Zanipolo car, d'un tombeau de marbre à l'autre se résume toute l'histoire et l'ambition de la ville, sa démesure se lisant dans la nef monumentale et les plafonds surchargés des chapelles. *Vanitas vanitatis*, les mannes des doges ont failli à protéger la cité et ont été condamnées à retourner au limon des origines.

À part la vedette de la police qu'il a circonvenue avec sa carte d'adjoint à la mairie, il n'a croisé personne. Ce désert humain est si étrange qu'il en devient angoissant. Bien sûr, il sait que la ville a été totalement évacuée, y compris les habitants rescapés. Les risques dus au gaz et à l'électricité s'avéraient trop grands, pas besoin d'ajouter une catastrophe à l'autre. Mais ces façades sans vie sont cauchemardesques, inhumaines au vrai sens du terme. Ces arrières de la ville restaient les plus populaires, avec leur va-et-vient d'embarcations et de vaporettos. Maintenant le moteur de son bateau provoque un vrai vacarme dans le silence. Guido sent son pouls s'accélérer et force la vitesse. Il faut qu'il sache.

Il cherche les bricoles, les célèbres trépieds en bois qui balisent les chenaux. Beaucoup manquent à l'appel et celles qu'il croise sont inclinées en tous sens comme si elles avaient été lancées par poignées depuis le ciel. Sur chacune, un cormoran ou un goéland médite silencieusement.

Au tournant de la pointe est de la ville, Guido éprouve un nouveau moment de détresse. Les pans de brique à moitié effondrés qu'il longe figurent à peine ce qui reste du mur qui gardait le secret de la réussite de la Sérénissime : son arsenal. Au contraire de la basilique, il aimait ces bâtiments témoins du génie et du pragmatisme vénitien. C'est ici, au Moyen Âge, que s'était inventé le travail à la chaîne. Plutôt que mobiliser un hangar pour construire un seul navire, les carènes à peine terminées étaient remorquées autour du bassin central, d'un atelier spécialisé à l'autre, pour y recevoir les aménagements, pièces de fonderie, mâts, voiles, cordages, comme sur une ligne de production actuelle. Si Dante en parlait comme d'un enfer où se démenaient jusqu'à seize mille ouvriers, Guido y voyait plutôt le paradis d'une efficacité toujours chère à son cœur. Sans son arsenal, la ville n'aurait jamais dominé les mers, trouvé sécurité et prospérité. Dans le brouillard, il cherche la vieille grue et les célèbres tours de mâtage de l'entrée, mais n'aperçoit que des pierrailles recouvertes de boue.

Au moment d'embouquer le Grand Canal, Guido stoppe le moteur à la hauteur du musée d'Histoire navale et se laisse dériver vers l'entrée du canal de la Giudecca. Le soleil de septembre commence à trouer la brume, diffusant un jaune pâle qui se réverbère dans chaque gouttelette, comme un voile doré s'étendant sur les ruines. Pour la première fois depuis ses revers d'amours adolescents, il fond en larmes. Le panorama se dessine, somptueux et immonde. Pas une construction ne semble avoir réchappé à une main gigantesque qui aurait empoigné, broyé puis relâché ce qui fut l'orgueil d'une ville. Il peine à reconstituer le paysage pourtant familier, celui des cartes postales et des selfies.

La grâce architecturale de Venise repose sur ses hautes fenêtres. Créées pour soulager de leur poids des bâtiments construits sur des pieux et de la vase, elles leur confèrent la légèreté et ce mouvement inimité d'élan vers le ciel. En l'occurrence, ces ouvertures ont joué contre eux, en les fragilisant. Guido voit la ville comme l'un de ces corps extraits des accidents d'avion, méconnaissables sous le choc. La place Saint-Marc, le point bas de la ville, le plus soumis aux inondations, s'est retrouvé en première ligne. La façade légendaire du palais des Doges, ses colonnes, ses ogives, son balcon ne sont qu'un tas de gravats qui s'étendent sur le quai et se mêlent à des carcasses de vaporettos en voie de rouiller. Les deux murs latéraux sont en partie écroulés également. Seul demeure celui du fond sur lequel les étages, maintenant ouverts à tout vent, y sont bizarrement arrimés, donnant à l'ensemble l'air de ces anciennes maisons de poupée. Des éclairs de lumière s'accrochent sur des dorures, comme des lanternes mortuaires. Le pont des Soupirs a été broyé par l'affaissement de l'ancienne prison qui vient maintenant reposer contre le palais des Doges. De la basilique Saint-Marc, Guido ne distingue que deux des coupoles, qui semblent tenir en un miraculeux équilibre. Çà et là, une partie de fresque, un visage sculpté rappellent le passé. Où sont les deux colonnes soutenant le célébrissime lion de saint Marc et la statue de saint Théodore, qui accueillaient les visiteurs ? Et le grand campanile dans lequel il jubilait d'emmener ses hôtes de marque, pour surplomber la ville ? N'est-ce plus que cet amoncellement de briques rouges qui barre la piazzetta, sur lequel est venue s'éventrer une horde de gondoles ?

Guido tombe en sidération. Les dégâts vont bien au-delà des photos, reportages et commentaires emphatiques qu'il a parcourus depuis son lit d'hôpital. Seul face à cette réalité, il en éprouve la violence dans sa chair et tente de la repousser de toutes ses forces. Il voit mais il n'arrive pas à croire, ses yeux enregistrent mais pas son cerveau. À main gauche, la sublime façade blanche de San Giorgio Maggiore est décapitée à partir du haut du portail. À la place du campanile, il n'y a tout simplement plus rien, rien que la brume dorée. Il voudrait pouvoir se réveiller, en sueur, en maudissant son cauchemar.

Après de longues minutes, Guido redémarre le moteur pour approcher du Grand Canal. Il connaissait par cœur le paysage. Depuis longtemps, il n'éprouvait plus cette impression qui submerge le touriste quand, à la confluence de la Giudecca, le bâtiment de la Douane de mer marque un seuil magique, une intrusion en plein XVIIe siècle, une entrée au pays des merveilles. Aujourd'hui, il peine même à situer la Dogana dont les entrepôts semblent rasés. La basilique della Salute a mieux résisté, ancrée sur plus d'un million de pieux et sans constructions trop proches pour lui tomber dessus. Elle a perdu l'abondante statuaire qui trônait en équilibre autour du dôme, seule la Vierge, tout en haut, demeure, bénissant les ruines et les morts. Elle était là pour protéger la ville de la peste. Personne ne lui avait demandé d'ajouter le risque de submersion à ses talents.

Guido doit slalomer autour des gravats qui obstruent progressivement le Grand Canal, au fur et à mesure qu'il s'y engage. Des pans entiers des palais centenaires, le Tiepolo, le Genovese, le Vernier, ne valent pas plus que les modestes immeubles de brique, tous réduits à l'état d'obstacles à la navigation. Par les embrasures béantes, il aperçoit des fragments de plafonds, de fresques et quelques meubles écrasés. Guido n'a jamais goûté l'art baroque. Trop de dorures, trop de tarabiscotages, trop de chichis aurait dit sa mère. Il comprenait que les artistes avaient rivalisé sans fin pour illustrer leur habileté et flatter leurs mécènes, mais cette débauche paraissait, au paysan qu'il était resté, une perte de temps et d'argent. Tout cela pour ça ! pense-t-il en repérant des lambeaux de toile accrochés à un cadre échoué sur la rive. Dès le lendemain de la catastrophe, les grands musées privés, Guggenheim, Grassi, avaient dépêché sans aucune autorisation des armées de sbires qui avaient exfiltré les toiles et les objets précieux rescapés. Mais dans la plupart des édifices publics, ce sont des mafias qui avaient été à la manœuvre, raflant tout ce qui était possible, à la faveur du gigantesque désordre ou de pots-de-vin bien placés. Tableaux et statues attendent dans des caves des acheteurs aussi fortunés que discrets.

Guido a beau s'essayer à l'indifférence, il se sent profondément malheureux. Sans être vénitien de souche, sa vie est liée à la ville depuis plus de deux décennies. Elle a jalonné les grands moments de son parcours, mais plus encore de son intimité. La catastrophe lui a arraché cette familiarité simple des lieux quand on sort de chez soi, son bar favori, la placette écrasée de soleil, la perspective des ruelles, tous ces marqueurs de l'existence auxquels on ne fait plus attention, mais qui vous ancrent quelque part. De son lit d'hôpital il a rêvé de pouvoir se réinstaller à Venise, comme l'ont fait les rescapés de Fukushima. Ce qu'il voit brise son espoir et il se sent autant en ruines que ces palais. L'écartèlement des pierres donne à la ville un air abject de carcasse pourrissant au grand jour, de corps violé. Par endroits, des explosions de gaz ont pulvérisé des étages entiers, puis, se combinant aux courts-circuits, déclenché des incendies dont les décombres et les poutres noircies ont l'air de fumer encore avec la brume. Derrière ces murs, des humains ont vécu, comploté, joui, souffert, exulté. Avec leur écroulement, des joyaux architecturaux ont disparu, mais aussi les traces des vies modestes qui tissaient la cité. En arrivant au pont de l'Académie, Guido ne trouve que deux bras fracassés, tendus l'un vers l'autre en une impossible étreinte.

Maintenant, il ne regarde plus autour de lui et se concentre sur l'avant immédiat du bateau, cherchant à évaluer ses chances d'atteindre le palais Barbini-Moro. D'ordinaire, quand surgissait sa façade austère, il se savait arrivé. Il n'avait qu'à remonter l'étroit rio del Malpaga, s'amarrer environ deux cents mètres derrière le palais, gravir les trois étages et refermer la porte sur l'immense et luxueux appartement, son bien, sa fierté, son havre.

Mais le rio est impraticable. À l'entrée un amas de gondoles barre la route, imbriquées les unes dans les autres, comme un mikado, la proue de l'une d'elles montant une garde dérisoire en plein milieu.

Guido arrête à nouveau le moteur. L'immense silence le foudroie. Où est le bourdonnement continu des moteurs de bateaux, les échos de télévision échappés des fenêtres et surtout les cloches, les innombrables cloches qui laissaient planer leurs notes rassurantes.

Quand il a pris la décision de revenir et imaginé se réinstaller, il n'a pas envisagé qu'il ne pourrait pas même accéder chez lui. « Peut qui veut », avait-il coutume de répéter. En sortant de son lit, en reprenant une activité, il se berçait de l'illusion de retrouver sa force à faire plier les événements. Et le voilà impuissant, vaincu. Il ferme les yeux et tente de se réfugier dans l'évocation de la vie d'avant : les grands dîners sur la terrasse, le vin, les rires, Maria Alba qui sait si bien marier les plats et les convives.

Maria Alba ! Un frisson le saisit qui n'est pas dû à l'humidité de ce début d'automne. Encore une chose qu'il n'a pas eu le courage de faire. Le travail des sauveteurs s'est déroulé dans une pagaille à la hauteur de la catastrophe. Déblayer les ruines et désincarcérer autant de personnes que possible a été rendu terriblement difficile dans ce fatras d'eau, de boues et d'édifices branlants, dont certains ont continué à s'effondrer des jours durant. Centralisés dans les chambres froides du port de Mestre, une partie des restes humains ont été classés par provenance pour tenter de les réapparenter, mais bon nombre ont été mélangés par erreur. L'administration lui a proposé de venir faire une recherche génétique ou morphologique à partir de photos pour retrouver Maria Alba. On lui a demandé les coordonnées de son dentiste, puisqu'un panoramique dentaire sert d'indice quand les chairs ont disparu. Mais le dentiste et son cabinet ont eux aussi disparu. De toute façon, cela lui répugnait, il ne se sentait pas le courage, pas envie de savoir. Il lui semblait qu'il aurait signé sa mort définitive et, sans se l'avouer, il espérait encore la retrouver, amnésique, quelque part dans un hôpital. Là, devant l'ampleur du désastre, il comprend que ce rêve est inepte. Le miracle c'est que lui ait survécu. Mais ce qui le fait frissonner à cet instant est pire que la disparition de sa femme, c'est l'idée qu'elle est peut-être encore là, un corps pourrissant coincé sous les gravats. Une vision d'un réalisme obscène l'assaille, des lambeaux de peau et d'os, des chairs rongées de vers.

Il éprouve un brusque regain de désir pour sa beauté patricienne, sa grâce alanguie, se reproche de l'avoir négligée. Leur mariage avait progressivement tourné à l'affaire de raison, surtout depuis ses mandats municipaux. Le pouvoir avait accaparé son temps, son énergie, et focalisé ses désirs. Maria Alba s'était retrouvée reléguée au rang d'accompagnatrice, pour ne pas dire d'ornement. Indispensable, elle paraissait à son bras, tenait sa maison, l'écoutait, lui ouvrait ses cuisses, toujours avec la même douceur, inquiète d'être jamais prise en défaut, madone lisse et rassurante. Il lui était arrivé de lui trouver les yeux rouges et cernés en rentrant trop tard, mais au diable ces petites humeurs d'épouse. Elle était là, il lui en savait gré, veillait à son confort, mais pas une seconde il n'avait imaginé avoir un jour besoin d'elle.

Brutalement, un véritable désespoir le saisit. Il veut ses bras autour de son torse, ses seins pour enfouir son visage, sa chair au parfum luxueux pour oublier, régresser, se laisser bercer à tout jamais, ne plus avoir à décider, choisir, se battre. Il ferme les yeux, il est encore à l'hôpital et elle est là au pied du lit, guettant son réveil. Elle sourit.

– Guido, mon chéri, ne t'inquiète pas, tout va bien.

Non, elle n'est pas là. Il est seul dans sa barcasse au milieu des ruines et il comprend que maintenant il sera toujours seul. Il vient de prendre le deuil de Maria Alba.

Les yeux toujours fermés, Guido se repasse le film de la catastrophe comme s'il devait s'en persuader encore.

Ce soir-là, il avait fait annuler son dîner avec les représentants de la chambre de commerce de Milan. Ce n'était pas un gros sacrifice, ces arrogants l'insupportaient, même s'il avait besoin d'eux. Mais la marée haute était annoncée pour 23 heures, juste au moment où il aurait alors dû rentrer à la maison. Depuis deux jours on ne parlait que de l'acqua alta qui arrivait, et les services météorologiques l'avaient prévue sévère. Tous les signaux étaient au rouge. Il pleuvait depuis près de trois semaines. Le Pô, l'Adige, la Brenta débordaient et, malgré les innombrables aménagements au cours des siècles, avaient contribué à faire monter le niveau dans la lagune. La tempête s'annonçait forte. Elle avait déjà ravagé les côtes de Sicile. Plus embêtant, son passage allait coïncider avec l'heure de la haute mer et les forts coefficients de la nouvelle lune. Depuis le matin le sirocco soufflait son haleine tiède mais brutale, qui retroussait comme des babines les eaux du Grand Canal. Ce vent allait pousser les eaux de l'Adriatique vers le nord, les obligeant à s'engouffrer par les passes du Lido et s'opposant à leur décrue. Bref toutes les conditions étaient réunies pour une forte inondation.

Guido n'était pas plus inquiet que cela. Le MOSE, le fameux barrage, allait fonctionner. Il sortait de la réunion en municipalité pendant laquelle l'ingénieur en chef Dalamati les avait saoulés avec ses assurances techniques. Il y avait eu des incidents précédemment au moment du redressement des soixante-dix-huit gigantesques portes immergées, censées isoler Venise de la mer en barrant les trois passes. La moitié d'entre elles s'étaient bloquées à mi-parcours et il avait fallu remettre des bottes place Saint-Marc. Mais, disait l'ingénieur, cette fois tout allait bien se dérouler. Ses équipes avaient résolu le problème d'envasement et les tests refaits la semaine précédente s'avéraient concluants.

– Vous avez intérêt, bougonna le maire Carlo Zongi.

Guido ne demandait qu'à le croire. Il vouait une véritable fascination au MOSE. Il n'était qu'un enfant quand de beaux esprits avaient commencé à parler de protéger Venise définitivement, de vaincre la nature, d'écarter l'épée de

Damoclès qui pesait sur la ville. Pour un fils de paysans besogneux qui se confrontaient chaque jour à l'environnement, le dompter enfin tenait du fantasme. Guido professait aussi un enthousiasme sans borne pour la technologie, à l'instar de sa génération d'après-guerre. Il avait conservé longtemps les journaux qui avaient popularisé ce projet ressemblant à de la science-fiction. Au fond, l'idée était simple. À chaque fois qu'une marée exceptionnelle, attisée par le vent et la tempête, menaçait de submerger la ville, le phénomène ne durait que le temps de la marée haute, exceptionnellement deux ou trois jours de suite. En coupant la communication avec l'Adriatique au moment critique, on régulait le niveau de l'eau. Mais la mise en pratique était complexe. Pour barrer les trois entrées de la lagune, il fallait ancrer dans du béton massif des coffres en acier contigus, chacun de vingt mètres par trente, pesant trois cents tonnes : dix-huit déployés dans la passe de Chioggia, dix-neuf pour celle de Malamocco et quarante et une au Lido. En temps normal, ils resteraient sagement couchés sous l'eau et laisseraient passer les navires. En cas de risque de crue, on allait les remplir d'air ce qui les ferait se redresser et protéger la ville. Le *Modulo Sperimentale Elettromeccanico* (MOSE) faisait, par son nom, un discret clin d'œil au

Moïse biblique sauvé des eaux, dont des représentations ornaient quelques fresques des palais vénitiens, comme un juste retour des choses.

La prise de conscience s'était déclenchée après la paroxystique acqua alta du 4 novembre 1966, avec son niveau d'un mètre quatre-vingt-quatorze. La ville avait attendu plus de trente-cinq ans de palabres, études et controverses que Silvio Berlusconi, président du Conseil, pose la première pierre du MOSE en 2003, puis encore dix-sept ans de travaux, d'avanies techniques et de gigantesques malversations pour que son homologue Giuseppe Conte le voie fonctionner en 2020. Ce dispositif allait conclure la lutte millénaire des Vénitiens. Pendant des siècles, on avait planté des pieux, consolidé des tas de vase, détourné des rivières, construit des digues, cherchant un fragile équilibre entre envasement et submersion. Le MOSE faisait prendre à la ville un avantage définitif, régulant à sa guise le niveau des eaux. Guido avait grandi en même temps que cette construction pharaonique. Il en avait suivi les péripéties et la constance des ingénieurs qu'il jugeait admirable. Devenu adulte, il aimait se promener à la pointe du Lido. Loin de l'effervescence touristique ou de la Biennale qu'il laissait aux « intellos fatigués » dans son jargon. Il arpentait l'interminable digue qui délimite la grande passe, pour suivre les travaux. Lorsque avait éclaté, en 2014, le scandale de l'évaporation de près d'un milliard d'euros des caisses du MOSE qui avait emporté le maire de Venise et le président de la région, Guido s'était à la fois réjoui et agacé ; réjoui de l'imagination des fraudeurs qui allaient jusqu'à tenir leur comptabilité sur du papier comestible pour pouvoir en « digérer » les traces ; agacé de voir ce projet décrié, sali et encore retardé. Dès qu'il était arrivé aux affaires, sa première visite avait été pour le chantier. Il avait goulûment monopolisé le temps des ingénieurs pour se faire expliquer chaque détail du remplissage d'air des portes et du pivotement de leurs charnières immergées. Il ne manquait pas une occasion d'y amener ses hôtes étrangers, soulignant que contrairement à une solution hollandaise, peut-être moins coûteuse, le MOSE en temps normal était invisible et ne déparait en rien la Sérénissime. Il ressentait une vraie fierté pour ce dispositif qui incarnait à ses yeux la continuité du génie de cette ville, tant rompue aux périls des eaux.

Ce fameux après-midi précédant la catastrophe, Guido écoutait donc d'une oreille distraite les explications de Dalamati. Le plus grand souci des conseillers autour de la table était que les ratés antérieurs, même s'ils n'avaient pas tiré à conséquence grâce à une plus faible ampleur de l'acqua alta, avaient rallumé l'opposition. La gauche et les écologistes clamaient qu'ils l'avaient bien dit : on avait investi des milliards en pure perte.

De l'intérieur de la mairie, on entendait déjà la sirène qui cornait son *do-mi-sol-si* crescendo. Les différentes infortunes du MOSE avaient fait conserver ce signal, en plus de l'application de prévention pour téléphone portable largement utilisée. Elle indiquait ce jour-là que le niveau de l'eau dépasserait un mètre cinquante, qui correspond à plus de quatre-vingt-dix pour cent de la ville inondée. L'ingénieur météo avait expliqué que l'on risquait d'approcher un mètre quatre-vingt-dix, l'une des plus hautes cotes jamais atteintes.

Malgré cela, sortant par l'escalier monumental du palais, Guido plaisantait avec ses collègues :

– Allez, si on a un problème avec le MOSE, on va au moins faire fortune en vendant des bottes !

– Et les touristes adorent se photographier avec de l'eau aux genoux !

– Bah, ricanait un adjoint, Venise est une vieille dame, un peu de fraîcheur au fondement lui fera du bien.

Le bâtiment quitté, les fanfaronnades avaient cessé. Dehors, l'ambiance virait au sinistre. Le ciel, plombé de particules de sable charriées depuis le Sahara par le vent de sud, donnait au soir tombant des lueurs jaunâtres. L'air de l'Adriatique ne parvenait pas à chasser le remugle d'humidité et de marigot dû à ces semaines de pluie qui avaient imprégné les pierres. Les passants se hâtaient de rentrer têtes baissées, même les touristes se faisaient rares. Les bistrots bouclaient leurs terrasses, certains empilant des sacs de sable devant les portes. Guido s'attarda à discuter avec l'ébéniste qui avait souvent travaillé pour lui. L'homme râlait, il en avait marre de désorganiser son atelier. Il fallait monter meubles et bois précieux à l'étage, surélever le tour, les scies et les rabots électriques :

– Un fichu temps de perdu, monsieur Guido, faudrait quand même faire quelque chose !

– Ne vous inquiétez pas, ils vont actionner le MOSE d'ici une heure. Bientôt ces histoires d'acqua alta seront des contes pour nos petits-enfants.

– Vous croyez cela ? J'espère que vous avez raison, mais pour le moment, c'est la merde, passez-moi l'expression. On n'est sûr de rien. Un coup il marche votre MOSE, un coup non...

Guido s'éclipsa. Ces lamentations l'exaspéraient. Était-ce sa faute, si le sous-sol de Venise continuait à s'enfoncer et si le dérèglement climatique élevait le niveau de la mer ? MOSE, la solution s'appelait MOSE. Il sourit pour lui seul. Il avait cloué le bec à ces universitaires qui se prenaient pour des pythies, le grand professeur Scherzi en tête. Il se souvenait de l'entrevue où celui-ci lui avait brossé une vision apocalyptique de Venise en train de couler et de l'inutilité supposée du barrage. Il avait éconduit sans trop de ménagements ce type qui voulait faire interrompre les travaux.

Il poussa jusqu'à la place Saint-Marc : les employés municipaux installaient les passerelles surélevées sous les yeux excités des badauds. Ce ne serait peut-être pas utile, mais l'habitude restait.

Le spectacle, à l'ouvert du canal, n'était pas engageant. Une mer d'un gris vineux déferlait ponctuée de vagues blanchâtres. Elles soulevaient un spray d'humidité qui opacifiait l'air, et du Lido en face, il n'apercevait plus qu'une traînée brune. Le vent déjà fort gênait la respiration. Dans une demi-heure, la navigation allait être interdite pour pouvoir actionner les portes du barrage et seul un petit voilier se hâtait sous basses voiles, pour gagner une marina à l'abri de la ville. Guido chassa le léger pincement au cœur qui l'assaillait.

Allez, il n'allait pas rejoindre lui aussi le camp des cassandres.

Il fit demi-tour, se hâta pour reprendre le pont de l'Académie et arriver chez lui par l'entrée qui donnait sur la calle dei Cerchieri.

L'appartement était un havre de paix. Quand sa fille Léa avait déserté, il avait été furieux, mais il reconnaissait que l'atmosphère avait largement gagné en sérénité. Lorsqu'ils étaient face à face à table, l'orage menaçait en permanence et s'abattait pour une broutille. Il ne supportait pas sa façon de tourner autour des sujets pour essayer de le prendre en faute, sans s'apercevoir qu'il faisait de même.

Ce soir-là, seules l'accueillirent les valses de Brahms, Maria Alba toujours aussi impeccablement vêtue que s'ils allaient sortir, et un magnifique assortiment de charcuterie.

– Pardonne-moi chéri, je pensais que tu ne serais pas là pour dîner. J'ai juste eu le temps de commander un repas froid.

Il l'attira contre lui et lui caressa les seins. Ils étaient encore fermes pour son âge. Après tout, cette soirée confinée ne serait peut-être pas si morose.

Ils dînèrent en écoutant la pluie qui grésillait aux fenêtres, de plus en plus fort. Il s'attarda ensuite à regarder le journal télévisé et nota avec satisfaction le reportage sur le barrage dont on anticipait l'efficacité. Puis, un œil sur une série suédoise, il émit une série de tweets rassurants, gagna la chambre, fit l'amour avec entrain à Maria Alba et s'endormit comme un loir. Le vent mugissait par saccades au coin du toit.

Il n'aurait pas su dire à quelle heure son téléphone portable l'avait réveillé. Il avait calculé ensuite qu'il devait être à peine plus de minuit.

– Ces crétins du barrage ont encore un problème, leurs putains de portes ne se sont qu'à moitié relevées, et je ne sais pas ce que cet abruti de Dalamati m'a raconté à propos d'un sabotage. Il dit n'importe quoi pour se couvrir…

Zongi, le maire, s'étranglait en parlant. Guido le voyait quasiment devant lui, dans une de ses colères habituelles qui le faisait postillonner à tout va.

– On va se faire massacrer dans la presse. Réunion de crise demain, 6 h 30 à la mairie. Les équipes de com vont bosser cette nuit pour préparer les éléments de langage. Tiens-toi prêt, ils vont peut-être t'appeler pour avoir des détails. On garde la ligne habituelle : la mairie s'est mobilisée à fond, nous avions des assurances du centre de gestion du MOSE… On met tout sur le dos de Dalamati, il fera fusible. Tant pis pour lui !

Guido, tout en se grattant la poitrine pour se réveiller, grogna qu'il serait disponible à tout moment. Il émit, pour faire bonne mesure, quelques commentaires du même genre que Zongi à l'encontre de l'ingénieur en chef et raccrocha brusquement pour éviter la suite de la litanie du maire. Pas de raison que ce soit lui qui supporte le coup de gueule.

C'est à ce moment-là qu'il sentit que cela tournait mal. Il se rendit compte qu'il avait hurlé dans le téléphone pour couvrir un bruit insensé. La tempête devait être à son paroxysme. Le vent émettait un sourd roulement de tambour ponctué de halètements comme s'il était un lutteur aux prises avec la ville. Les rafales grinçaient par-dessus en plaintes stridentes, attaquant brusquement comme des reprises de violons désaccordés. De son troisième étage, il avait l'habitude de prendre les intempéries de plein fouet, mais là, il lui sembla qu'une joie maligne éclatait, une force plus sauvage que d'habitude. Il ferma les yeux et imagina les trois passes de la lagune, les portes inutiles et les crêtes phosphorescentes se précipitant vers Venise.

Il passa rapidement un pantalon et une chemise pour gagner la terrasse. Au moment de sortir, il se retourna vers le lit. Maria Alba était assise, débraillée, sa chemise de nuit laissait voir son épaule, ses longs cheveux noirs lui mangeaient le visage et faisaient ressortir ses yeux affolés.

Dans ce lit en désordre, les mains crispées sur le drap, il émanait d'elle la beauté tragique d'une Pietà. Ce fut la dernière vision qu'il emporta de sa femme.

Il gagna l'extérieur, ce qui, vraisemblablement, le sauva. La terrasse n'était ouverte qu'au sud. Sur ses flancs, les murs des immeubles mitoyens, d'un étage plus haut, l'enchâssaient, la protégeant des intempéries. Maria Alba y avait fait croître des bougainvilliers multicolores qui la rendaient paradisiaque. Mais cette nuit-là, le vent qui s'engouffrait du côté du balcon lui coupa le souffle. Les pots de fleurs et la balancelle gisaient en désordre. Il ne pleuvait plus mais une nuée chargée d'embruns défilait à une vitesse impressionnante dans la lueur de la ville. De partout venaient des mugissements, grondements, craquements, sifflements. Le plus terrible était les coups de boutoir qui semblaient attaquer les fondations mêmes. Il sentait l'immeuble trembler à chacun d'eux. Le centre historique de Venise est construit sur des millions d'énormes pieux de chêne ou de mélèze, implantés profondément dans le terrain meuble. Sous l'eau, privés d'oxygène, ils se minéralisent et leur état de conservation avait toujours paru satisfaisant. Guido utilisait fréquemment cet argument pour river le clou aux catastrophistes en tous genres.

Venise avait été ancrée pour affronter les siècles et la mer, elle continuerait à le faire. En dehors du cœur historique, le reste de la ville était bâti, plus grossièrement, sur du remblai et des marais asséchés.

Le flot devait, maintenant, déferler avec force et se briser contre les soubassements. Le ressac en amplifiait la violence. Venise tremblait comme jamais à chaque vague et ressemblait à un navire malmené dans la tempête. Il semblait à Guido que son immeuble oscillait et que toute la ville courbait la tête dans les rafales, fétu de pierre au gré du vent.

Après un moment de sidération, la peur l'assaillit, une peur primaire, ancestrale, de celles que les animaux doivent ressentir à l'approche d'un tremblement de terre ou d'un ouragan. Il n'arrivait pas à l'analyser, encore moins à réfléchir. Il aurait dû rentrer se calfeutrer dans l'appartement, mais il ne pouvait pas. Il fallait qu'il reste là, au milieu de la terrasse. À chaque assaut de la mer, il serrait les poings et retenait sa respiration, comme pour participer à la lutte de la vieille cité. Il se surprit à lui parler, l'encourager, brailler qu'il ne s'agissait que de tenir quelques heures, que demain le soleil brillerait et que l'on panserait les bobos, comme toujours. Mais les pierres millénaires n'ont que faire des prières des hommes. Celles-ci étaient fatiguées et se rendirent à l'adversaire.

Il y eut d'abord un grondement effrayant, durant d'interminables minutes, qui sembla rouler vers lui le long du Grand Canal, s'amplifiant de façades en façades. Puis une série de gigantesques craquements et peut-être une clameur humaine. Il ne saurait jamais le dire. Enfin, l'inconcevable se produisit. Son immeuble s'inclina en une profonde révérence, Guido roula vers le côté de la terrasse et se retrouva bloqué derrière la balancelle. Le mur du bâtiment voisin s'élança à la rencontre de celui d'en face, déversant ses tonnes de gravats.

Bien plus tard, il apprit que cette balancelle, que sa femme chérissait tant, l'avait sauvé en formant un arceau qui l'avait protégé. Il devait la vie à un caprice de Maria Alba, mais, au creux du lit, elle n'avait pas partagé cette chance. Le plafond s'était effondré sur elle.

Dans les semaines qui suivirent, tous les spécialistes de la planète y allèrent de leur reconstitution du désastre à grand renfort de simulations informatiques. L'hypothèse la plus plausible était que tout avait commencé du côté du palais des Doges, juste à l'ouvert du Grand Canal, où la force de la mer était venue se briser avec le plus de violence. Un ou plusieurs des grands bâtiments avaient cédé. Leurs murs inférieurs avaient été fragilisés par les nombreux épisodes d'acqua alta précédents ou par le passage incessant des énormes navires de tourisme. Mais l'eau, qui se serait engouffrée sous les arcades ou par des vitres brisées, aurait aussi pu produire un effet de ventouse. Les défenseurs de l'environnement en tenaient, bien sûr, pour la première explication, quand les autorités mettaient la seconde en avant. Ce petit monde s'insultait copieusement sur les réseaux sociaux et un troisième parti optait pour un attentat contre le MOSE et diffusait des photos d'une sorte d'éclair au-dessus du barrage.

Quoi qu'il en soit, des milliers de tonnes de pierre s'étaient soudain abattues sur le sous-sol instable, créant un mouvement semblable à un tremblement de terre. Le sable et le limon étaient entrés en une vibration sinusoïdale, que les modèles mathématiques s'étaient empressés de reproduire. Comme sur un pont sous l'effet d'une troupe au pas cadencé, aux nœuds de cette vibration le sol avait bougé, d'un à deux mètres, provoquant des effondrements. Puis par effet de château de cartes, dans cette ville où chaque immeuble s'adosse à son voisin, l'écroulement s'était propagé. En moins d'une demi-heure, la cité millénaire, la ville des villes, le joyau de l'architecture mondiale, n'était plus qu'un amas de ruines.

Guido reste un très long moment les yeux fermés, revivant les derniers instants de la tragédie. Comme dans un rêve, ses mains, ses bras ou ses globes oculaires bougent au rythme de ses pensées. Sa vedette à la dérive vient doucement s'échouer contre un monticule de gravats. Lorsqu'il ouvre les yeux, une aigrette lui fait face à moins d'un mètre. L'oiseau blanc fouille nonchalamment dans la vase au milieu des plantules qui ont déjà repoussé. Cet animal farouche ne fréquente pas Venise d'ordinaire et se réfugie dans les recoins tranquilles de la lagune. Guido se redresse, l'oiseau s'envole et se fait prendre en chasse par des mouettes. Des oiseaux ! Voilà donc les nouveaux occupants ! Il sourit à l'idée que ce sont maintenant des balades ornithologiques et pas historiques qu'il faudrait organiser. La matinée avance, le soleil a fini par dissiper la brume. Guido se lève, s'étire pour se forcer à émerger de ses souvenirs. Il est frappé par la beauté mélancolique de ces ruines que la lumière magnifie. L'eau du canal a perdu son aspect gris brunâtre dû aux remous incessants, elle est d'un vert translucide, comme au plus fort du confinement lors du Covid-19. Il aperçoit quelques poissons filer. Le paysage paraît nettement moins sinistre sous cet éclairage. Les rayons accrochent les roses, les bleus, les ors des bâtiments ou du mobilier abandonné. Même les mousses qui ont crû en abondance ont des reflets vert fluorescent, tout à fait esthétiques. La féerie qui se dégage de ces ruines le frappe et il se sent, tout à coup, privilégié d'en être le spectateur. Venise reste sublime dans sa déchéance. La chaleur exalte l'odeur de vase, d'eaux stagnantes ou peut-être de quelques décompositions qu'il ne veut pas connaître. Par-dessous les roucoulements des incontournables pigeons vénitiens, il entend, comme une basse staccato, les bourdonnements de milliers de mouches qui ont pris possession de la cité aux entrailles pourrissantes. Il en chasse une machinalement de son visage et repense soudain à la fameuse étude : « Sauver Venise ». Finalement, l'analyse était juste. Il avait eu sous les yeux le faisceau de preuves détaillées, imparables, qui soulignaient les atteintes, les dangers et l'aggravation des problèmes non traités. Il se souvenait de Livio Scherzi plaidant jusqu'à en avoir les larmes aux yeux. Léa aussi avait traité son père d'imbécile et d'autiste un nombre incalculable de fois. De doctes études internationales avaient repris et développé les arguments : l'enfoncement de la ville, la fragilisation des soubassements, l'erreur de faire reposer toute la politique de protection sur le barrage. Dans un coin de son cerveau, il avait admis certaines choses. Mais son hémisphère gauche et son hémisphère droit ne se parlaient sans doute pas assez. Les graphiques et les pourcentages ne s'incarnaient pas dans une vision réaliste et cette vision était tout simplement inconcevable. Comment accepter l'idée que Venise puisse être détruite, de manière aussi brutale, irrémédiable, sans qu'il soit possible, comme on le faisait depuis toujours, de temporiser et se bercer de promesses comme celle du MOSE ?

D'une manière générale, Guido reconnaît qu'il pressentait que la situation de la Sérénissime ne pouvait pas durer. La folie consumériste s'en était emparée depuis quelques décennies, encouragée par les vols low cost et les paquebots gigantesques. Elle avait fini par amener en ville près de trente millions de personnes par an, certains jours cent mille touristes au regard des cinquante mille habitants, comme si plus d'un milliard de personnes envahissaient annuellement les trottoirs parisiens. Personnellement, il lui avait semblé que les avantages surpassaient les inconvénients, surtout en termes financiers. Et comment lâcher la proie pour l'ombre ? La ville avait tenu bon dix siècles, elle attendrait bien encore un peu, quand chaque jour faisait la richesse de milliers de personnes, à commencer par lui-même. Le drame de la pandémie, en asséchant le tourisme, l'avait illustré. Il avait fallu se battre pour remonter la pente. Aurait-on pu éviter l'irréparable ? Pourrait-il aujourd'hui enfiler tranquillement le rio del Malpaga pour rentrer chez lui ? Guido refoule ces pensées dérangeantes. De toute façon, il est trop tard.

Il redémarre. Le bruit du moteur chasse une petite troupe de rats qui fouinent au soleil. Cela le fait rire. Il s'aperçoit qu'il meurt de faim.

La dernière fois que Guido a autant ressenti Venise dans sa chair date déjà de plusieurs années. Il s'en souvient comme du moment le plus heureux de sa vie.

Ce matin-là, il est presque 6 heures, il sort en titubant du palais Vendramin. Le parti ne s'est rien refusé pour fêter la victoire. Elle était largement anticipée et il fallait bien les ors du casino pour accueillir tous ceux qui se pressaient : journalistes de la terre entière entichés du destin de Venise ; vieux fidèles et récents ralliés briguant un futur poste ; plus ou moins jolies femmes ; tâcherons de campagne électorale les larmes aux yeux ; et surtout les vainqueurs et prochains conseillers municipaux, dont Guido.

Dans l'aurore naissante, il marche à tout petits pas vers l'arrêt du vaporetto. Il n'est pas pressé et a été l'un des derniers à partir. Cette nuit est la sienne. Ni son premier million, ni son mariage pourtant somptueux, ni la naissance de sa fille, ne lui ont procuré cette béatitude. Hier, c'était la bataille, la fortune à faire, les élections à gagner. Demain ce sera encore la bataille, les directives à imposer, les oppositions à mater. Mais cette nuit, entre les deux, il vit ce sommet enivrant de la réussite. Il avait voulu l'argent, il l'avait. Il voulait le pouvoir, il l'a.

Il était arrivé tôt dans l'après-midi. Les sondages donnaient déjà 52,5 %, au-delà de la zone d'incertitude.

– Il faut se mettre tout de suite au travail, donner des gages de sérieux, avait distillé le futur maire, Carlo Zongi, qui voulait surtout tenir ses troupes.

Les postes sont répartis depuis longtemps et à Guido revient le prestige des « affaires économiques », autrement dit tout ce qui compte et se compte.

C'est Zongi qui était venu le chercher, lui le parfait exemple de la sucess story. Au début, il n'était pas très attiré par un mandat politique, préférant avoir les élus en face de lui dans ses négociations immobilières. Mais il s'était laissé convaincre, en partie par vanité et aussi par la conscience que, si des gens comme lui, qui savent de quoi ils parlent, ne s'engagent pas, rien ne se ferait dans le bon sens en matière économique. Il avait alors âprement négocié son périmètre, conscient de ce qu'il apportait à ce pur politicien. Le coup de génie de Zongi tenait justement à ce qu'il était sorti de son parcours de droite convenue pour surfer sur la droite populiste. Il avait réussi le tour de force de ne pas s'affilier trop bruyamment à un parti, mais avait répandu l'idée qu'il était au service de tous, pour le développement tant de Venise elle-même que des deux villes plus populaires de la côte, qui totalisent soixante-dix pour cent des électeurs : Mestre et Marghera. Guido représentait une prise de guerre qui sonnait comme un gage d'indépendance. Cela valait bien un poste en or.

La réunion des futurs élus tournait autour des premiers messages à délivrer et de quelques orientations à annoncer dans la semaine. Mais l'excitation gagnait au fur et à mesure que chacun consultait son téléphone sous la table pour connaître les résultats des premiers dépouillements.

Guido revoit leur arrivée dans la grande salle du casino. La foule fait une haie d'honneur, avant même la proclamation des résultats. À 20 heures pile, un grand silence interrompt les bavardages, suivi d'un hourra qui lui fait bondir le cœur. Tout le monde s'embrasse, se congratule, à part peut-être Léa, sa fille, adolescente boudeuse, comme d'habitude. Toute la soirée, les uns après les autres, des courtisans le couvrent de superlatifs. Il mesure concrètement ce que « pouvoir » veut dire. Il va présider aux destinées de la plus belle ville du monde. Il s'en sent fier et sincèrement ému. Lui qui n'est pas un grand sentimental peut, ce soir, se laisser aller.

Les lustres, les bijoux, les dorures, les yeux, tout brille, tout célèbre, tout exulte.

Vers 1 heure du matin, Maria Alba s'était fait raccompagner. La nuit avait pris un tour plus débraillé à grands coups de champagne, vodka et décolletés discrètement offerts.

Tout à ses pensées, Guido atteint l'embarcadère du vaporetto. C'est l'heure entre chien et loup. Un léger rose teinte l'est. Le canal est encore calme. Il lui semble se pencher sur le lit d'une femme, émouvante dans son dernier sommeil. On entend à peine un moteur au loin et quelques voix chuchotant dans une ruelle, sorties de nulle part. Le reflet quasiment parfait des façades des palais donne l'impression qu'un monde mystérieux existe, là, sous l'eau sombre, et qu'un masque pourrait en sortir. Voilà qu'il se sent l'héritier, le continuateur de ces mille ans d'histoire. À lui de veiller sur cette belle endormie et, s'il le faut, la réveiller.

Guido a surtout mené campagne à Marghera et à Mestre où son aura d'entrepreneur a fait bon effet. De meetings en marchés, il a vu venir ces petites gens dont il faisait partie quelques décennies auparavant. Il a entassé les bouts de papier avec le nom d'un fils au chômage ou d'une vieille sans ressources. Il s'est conforté dans l'idée qu'il fallait agir et qu'il le pourrait. Il a promis le redéveloppement à ces villes secouées par la fin du modèle industriel.

Entre Venise et Mestre, l'histoire a joué le balancier. Pendant des siècles, la cité côtière n'a compté qu'en tant que débouché des marchandises sur la terre ferme et dernier jalon de la défense de la Sérénissime. Puis au début du XXe siècle, avec le déclin de Venise, Mestre est choisie pour implanter le port de Marghera, qui accueillera les grands navires marchands. Pour ce faire, le roi Victor-Emmanuel II fait creuser à travers la lagune un premier grand canal contournant la cité des Doges qui n'offre pas l'espace et les connexions avec l'arrière-pays, indispensables pour l'industrie naissante. Après la Seconde Guerre, l'importance et la population de Mestre vont décupler avec l'implantation d'activités pétrochimiques. Creusement de deux canaux supplémentaires, assèchement des vasières, créations d'îles artificielles avec les remblais des canaux, pompage de la nappe phréatique pour alimenter les usines, rien n'était trop beau. En corollaire, la pollution de la lagune explosait, le régime des eaux était bouleversé, intensifiant le phénomène d'acqua alta, et Venise s'enfonçait brutalement de près de trente centimètres. À partir des années 70, le vent tourna à nouveau. À la crise de l'industrie chimique répondit le développement du tourisme vénitien. Et revoilà d'un côté « la belle » avec son aristocratie et ses pierres exceptionnelles, et de l'autre « la bête » affublée de cheminées puantes et peuplée d'humains ordinaires.

Guido, originaire de la côte, n'était pas mécontent que le poids électoral de Mestre joue une sorte de quatrième manche. Mais au fond de lui c'était Venise la patricienne, Venise qui snobait ces rassemblements jugés populistes, c'est elle qu'il voulait. Aujourd'hui, il l'a. Si le puissant Conseil des Dix, qui a présidé pendant des siècles aux destinées de la ville, avait encore existé, il en serait l'un des membres. Il sourit tout seul en s'imaginant palabrer en longue robe pourpre sous les peintures de Véronèse, lui, le fils de paysans. Après tout, ce n'est qu'un retour aux sources. Des siècles en arrière, ce sont bien des paysans qui ont inventé cette ville refuge au milieu de la lagune. Ce sont eux qui ont planté ces milliers de pieux pour relier des îlots boueux, infestés de moustiques. Ce sont de simples marchands qui ont osé partir sur les mers pour commercer le sel, le grain et l'huile, affrontant les tempêtes et les barbares. Oui, au départ ce sont de braves travailleurs sans doute visionnaires qui ont engendré ces montagnes d'or et ce luxe. Avec la richesse sont venus le relâchement et la futilité, puis la chute. Mais, Guido en est convaincu, Venise, devenue capitale du tourisme, offre encore bien des opportunités. Les huit cents hectares de palais et de canaux que le monde leur envie représentent un nouvel eldorado ne demandant qu'à fructifier. À Venise, ce ne sont pas une ou deux ruines esthétiques, quelques châteaux rescapés, mais une cité entière qui a survécu. Chaque coin de rue s'enchante d'un pont, d'un puits, d'une façade sculptée, et rien n'égale le Grand Canal qu'il a sous les yeux en ce petit matin.

Assis sur les pierres du quai, les jambes ballantes, Guido laisse passer sans les prendre quelques vaporettos qui raclent la station flottante de leur bruit métallique. Il veut savourer encore un peu cette nuit qui se perd. Il est Guido Malegatti, maintenant Monsieur le conseiller aux affaires économiques de la ville de Venise.

Il n'a rien oublié de la cour boueuse de la ferme, de la maison humide en hiver, étouffante en été, des vingt hectares de vigne et de céréales où il fallait donner la main au retour de l'école, de sa honte d'être habillé en paysan et d'avoir les mains trop calleuses à chaque rentrée scolaire. Il n'y avait pas d'angoisse du lendemain dans la famille, mais on vivait sans chichis et surtout sans joie, sans ces petits extras qui font briller les yeux. Chaque sou comptait et la mère avait dû s'embaucher « à la chimie » d'où elle revenait les mains et les poumons détruits. Il fallait cela pour que les deux garçons fassent des études, car l'instruction représentait le garant d'une ascension sociale qui faisait encore rêver les petites gens.

Au début, il avait avancé à coups de taloche, puis s'était pris au jeu. Dans sa section commerciale, les enseignants leur promettaient la lune en termes de débouchés. Il avait commencé à travailler mais, après trois ans d'efforts, la fortune venait moins vite que prévu. Finalement, le meilleur service que lui avaient rendu ses parents avait été de mourir à six mois d'intervalle alors qu'il fêtait ses vingt-cinq ans.

Une aube comme celle d'aujourd'hui, en finissant son café dans la cour, il avait eu une de ses fameuses intuitions matinales. Les industries de Marghera n'avaient pas encore périclité et n'en finissaient plus de s'étendre. De la ferme, maintenant, on voyait le haut des immeubles ouvriers, incongrus, au-delà des arbres. Le port et les usines continuaient de ronger les terres agricoles, leur tour allait venir. Il fallait l'anticiper, ne pas attendre que la faillite menace la trop petite exploitation et de devoir brader les terres. Il avait usé de toute sa persuasion auprès de son frère et de sa sœur pour les convaincre non seulement de vendre ce berceau de la famille, mais de lui laisser faire fructifier le produit de la vente à son idée. Ces deux-là n'avaient pas eu à s'en plaindre. Guido avait investi en rachetant d'autres terres et en soudoyant suffisamment les administrations pour les faire déclarer constructibles. Dix ans plus tard, l'investissement était décuplé et Guido s'enorgueillissait du titre de promoteur. Il s'était d'abord fait une spécialité des logements bon marché. Vers la fin des années 90, il avait flairé, avec le déclin de l'industrie chimique, qu'un redéploiement s'imposait. Il avait alors élargi ses ambitions à toute la Vénétie et était monté en gamme. Naturellement, ses regards s'étaient portés vers la perle de la lagune. Le tourisme y explosait. Il fallait loger tous ces visiteurs et pas dans des appartements à moitié insalubres. Guido s'était donc lancé dans le rachat d'immeubles entiers en ville pour les transformer en hôtels qu'il revendait. Les affaires étaient fructueuses, mais la lutte était rude, il n'était pas seul sur le marché. Rompre les baux d'habitants sur plusieurs générations n'était pas non plus une sinécure. Il lui était arrivé de s'arranger pour faire couper l'électricité et hâter un déménagement, en s'inventant l'excuse que, du point de vue de l'emploi, un résident est moins efficient qu'un touriste fortuné.

Peu à peu, il s'était fait une place honorable au soleil de Venise. Mais lorsqu'il avait essayé de s'attaquer aux grandes demeures et aux palais, il avait essuyé échec sur échec. Il n'avait pas les codes pour approcher ces familles aristocratiques, même déchues financièrement. Là, Maria Alba était entrée en scène.

À l'approche de la quarantaine, Guido ressentait le besoin d'être entouré d'une famille. Ses appartements, de plus en plus luxueux, lui semblaient parfois bien vides en rentrant le soir. Les filles, tarifées ou non, n'y apportaient rien d'autre qu'un corps de passage. Il lui prenait des envies de bourgeois et il se mettait à remarquer les mères et les poussettes. Il avait également compris que son entrée dans le monde qu'il lorgnait ne pouvait se faire qu'avec une épouse au bras.

Maria Alba s'ennuyait ferme. C'était une Dandolo. La famille avait fourni pas moins de quatre doges à la Sérénissime, dont Enrico, l'un des plus remarquables au XIIe siècle, ouvrant à la ville les portes de la Méditerranée orientale et un soutien, très intéressé, à la quatrième croisade. Mais cette très chic filiation était ternie par son appartenance à la branche dite des Dandolo de Castello. Celle-ci s'était appauvrie au cours du temps pour avoir acheté de charges honorifiques et financé des guerres lointaines. Bref, depuis deux siècles, on vivotait chez les Dandolo de Castello, en essayant de continuer à donner le change. Maria Alba avait reçu l'éducation catholique la destinant à devenir une bonne épouse et mère, et abandonné à regret ses espoirs d'intégrer la célèbre école d'architecture de Venise : trop chère et sans débouché, surtout pour une femme. Elle était d'une beauté remarquable. Avec son long visage de madone encadré d'une abondante chevelure sombre qu'elle ramenait en sage chignon, des yeux verts en amande, une silhouette longiligne, elle semblait sortie d'un tableau de Bellini. Elle avait accueilli les hommages d'une grande partie de la population mâle de sa tranche d'âge, sans y prêter beaucoup d'attention. Les choses du sexe l'attiraient peu et ses lectures l'avaient entraînée vers un romantisme désuet. Elle attendait un coup de foudre qui ne venait pas. Au fil des ans, son cœur et ses espoirs s'étaient racornis. Ses amies s'étaient mariées, avaient enfanté, cessant d'être disponibles pour des thés ou des promenades au Lido. À trente-six ans, la perspective d'une vie solitaire, unique soutien de ses vieux parents, commençait à l'inquiéter.

Les cycles de conférences sur l'art et l'architecture restaient les meilleurs moments de sa vie. C'est là que Guido, qui cherchait à se faire quelques relations, l'avait repérée. Il avait été impressionné par ce mélange de chic typiquement italien et de simplicité voire de naïveté. « Tomber amoureux » n'entrait pas vraiment dans son vocabulaire, mais il avait, malgré tout, senti un véritable élan vers cette femme, au-delà de fantasmes charnels.

Entre le paysan enrichi et la patricienne désargentée, entre le petit gros et la grande brune, entre le rustre et l'éduquée, quel avait pu être le dénominateur commun ? Car ce n'était pas que l'intérêt qui les avait poussés l'un vers l'autre. Il la faisait rire, elle le fascinait, et peut-être éprouvaient-ils secrètement une même excitation de la mésalliance. Quoi qu'il en soit, ils s'étaient trouvés. Guido avait sagement patienté six mois en faisant sa cour. Maria Alba l'avait discrètement guidé vers les bons usages. Au final, le mariage d'un riche homme d'affaires et d'une belle descendante de famille n'avait choqué personne.

Rêvassant toujours à l'arrêt du vaporetto, Guido regarde se lever un jour bleu et frais. Le soleil bas éclaire par-derrière les silhouettes des palais qui se découpent sur le ciel clair comme des ombres chinoises. Une légère vapeur traîne à la surface des eaux, se déchirant au passage du ballet de navires qui reprend : vaporettos, navires poubelles, livreurs de fuel ou vedettes de particuliers. Il reste assis sur le quai dont le froid commence à lui remonter le long du dos. Dans son costume froissé, avec la barbe qui commence à poindre, il a tout du fêtard dont Venise a le secret. S'il était reconnu, ce ne serait sans doute pas bon pour son image, il a tellement clamé qu'il se mettrait au travail immédiatement. Mais dans un accès rare d'auto-attendrissement, il n'en finit plus de se repasser le film de sa vie.

Pour son mariage, Guido avait loué l'hôtel Danieli, ex-palais Dandolo construit au XVe par l'illustre famille de son épouse. Cette soirée de juin, sous les ors centenaires, il se savait quitter les oripeaux de l'entrepreneur enrichi. Il n'entrerait plus dans ces palais par la porte de service pour faire en catimini une estimation immobilière, il y serait invité et choyé. La fête avait comblé ses attentes. La mariée était sublime dans une robe rebrodée de perles à 20 000 euros qui faisait exploser sa grâce. Pour la nuit de noce, il avait redouté quelque pruderie de sa nouvelle épouse, mais avait été surpris et même enchanté. Maria Alba se prêtait à tous ses jeux et semblait comblée. Il avait l'argent, l'amour, ne restait que le pouvoir.

Léa court. Ses talons claquent sur les marches du pont de l'Académie, dans le silence matinal. D'ordinaire elle aime la ville à cette heure, quand les fêtards sont enfin couchés et les touristes pas encore levés. Mais ce matin, elle ne savoure pas, elle traverse en courant le quartier San Marco comme si elle se rendait à un rendez-vous amoureux. Léa n'est pas grande. Elle tient de son père une constitution osseuse plutôt massive pour une femme et des yeux pailletés de doré. De sa mère elle a le bel ovale du visage, l'abondante chevelure noire aux reflets presque bleus et des seins généreux. Le tout lui donne un air androgyne dont elle sait parfaitement jouer, mêlant hauts talons et veste en cuir. À dix-sept ans, elle s'amuse à se mettre en scène auprès des hommes. Son caractère est aussi à la croisée des tempéraments de ses parents. Elle peut être rêveuse et hors du temps comme Maria

Alba, mais lorsqu'elle a pris une décision, avoir la ténacité de Guido.

Pour le moment, elle avale d'une foulée régulière le dédale des venelles. Elle n'est pas en retard, mais veut s'installer tranquillement au coin du campo Santi Giovanni e Paolo et choisir la meilleure place, le long du rio dei Mendicanti. Hier, elle a encore longuement étudié la reproduction du tableau de Bellotto qui sera leur sujet de travail aujourd'hui.

De ses premiers cours à la très sélecte université Ca' Foscari, elle aime tout, même ceux, arides, de chimie des matériaux, mais, de loin, celui de ce matin, hors les murs, est son préféré. Il s'agit, pour étudier un tableau, de revenir sur les traces du peintre, de se poser exactement au même endroit que lui, pour évaluer l'ambiance, les lumières, et s'exercer au croquis dans les pas du maître.

– Vous aurez bien le temps d'utiliser les logiciels d'architecture et de dessin, mais, bon sang, si vous ne savez pas vous servir d'un crayon, tout cela ne vaudra rien, leur a seriné M. Boldi, qui amine l'UV « peinture descriptive du XIIIe au XIXe siècle ».

La première séance s'était déroulée sur la place Saint-Marc autour d'un tableau de Renoir. Ils avaient décortiqué les reflets du ciel sur le pavement et la lumière du soir faisant flamboyer de rose les pierres de l'église, compris comment l'espace créé par la place rendait plus solennel le bâtiment, puis essayé à leur tour de croquer le même paysage, maladroitement. Léa s'était extasiée de la façon dont ces petites taches de couleur donnaient le sentiment de la complexité des sculptures et des mosaïques. Elle connaissait par cœur cette façade, mais il lui avait semblé la découvrir.

La seconde sortie avait eu lieu bizarrement au même endroit, à propos d'un tableau de Canaletto. Avant qu'ils s'exercent à le reproduire, M. Boldi les avait cuisinés sur les différences d'approche des deux peintres. Les réponses avaient fusé autour du style réaliste de Canaletto ou suggéré, par des taches colorées, de Renoir.

Léa avait gagné des félicitations avec sa remarque :

– La vue par Canaletto semble être plongeante, le peintre devait être installé en hauteur, peut-être à une fenêtre du musée Correr.

– Bonne remarque, mademoiselle Malegatti. Allons donc voir si nous pouvons retrouver l'endroit exact.

Ils avaient gagné le long couloir dallé de marbre du premier étage. Oui, c'était bien là que Canaletto trois siècles auparavant avait posé son chevalet. Léa en frissonnait presque. Elle adorait cette idée qu'elle pouvait contempler exactement les mêmes choses que des milliers d'yeux, des siècles avant elle. Il lui semblait que cela tissait un lien profond avec tous ceux qui l'avaient précédée et cela l'émouvait.

– Quelle exactitude dans la perspective, les ombres et les lumières, on croirait une photo, s'était extasié Simon, l'étudiant anglais.

– Mais c'en est une ! avait souri leur professeur. Qui devinera par quel procédé le peintre a pu avoir cette précision photographique, plus de cent ans avant son invention ?

La dizaine d'étudiants resta perplexe. Après les avoir un peu laissés mariner, M. Boldi triompha :

– *Camera obscura !* La chambre noire. Pour obtenir une projection en deux dimensions, il suffit d'une boîte noire dont le devant est percé d'un trou et l'arrière muni d'un papier fin ou d'une vitre dépolie. Voyons, il faudra vous rafraîchir la mémoire sur vos cours d'optique. Par le trou ne passent que les rayons lumineux issus en droite ligne du décor. Vous obtenez l'exact paysage, simplement inversé, droite à gauche et haut en bas. Ce système est connu depuis avant Jésus-Christ ! Il a longtemps servi à observer les étoiles. Léonard de Vinci l'a théorisé, Vermeer l'a sans doute utilisé. Mais notre école vénitienne du XVIIIe en a fait un large usage, surtout Canaletto. La peinture de l'époque avait une exigence de vérité, voulait offrir la même vision qu'un œil humain.

Léa en resta pensive. Ainsi donc ce tableau de Canaletto n'était pas qu'une toile inspirée de la célèbre place, mais une quasi-photo. Il y avait eu un jour précis, un instant précis où ces deux bourgeois emperruqués avaient discuté, l'un en bleu et l'autre en rouge ; où cet homme en guenilles avait traversé la place, son panier sur la tête. Combien de fois a-t-elle rêvé, en s'endormant, de se réveiller plongée au XVIe ou au XVIIIe siècle ? Elle y est.

Elle aime cette ville profondément, excessivement, quasi physiquement. Maria Alba l'a initiée, petite, à ce peuple de pêcheurs opiniâtres. Sa mère était intarissable et ce qu'elle n'avait pu apprendre dans une école d'architecture, elle l'avait trouvé dans les innombrables conférences où elle trompait sa solitude, jusqu'à ce qu'elle y rencontre Guido. Après son mariage, son mari étant absent l'essentiel de la journée, elle avait continué à cultiver cette passion. Dès que sa fille en avait eu l'âge, elle l'avait emmenée dans d'interminables promenades sur les traces des glorieux ancêtres. Qui pouvait se targuer d'avoir dans sa famille quatre doges, une dogaresse, deux ducs, un procurateur, un sénateur et une foule de capitaines courageux, de marchands avisés et de hauts fonctionnaires qui, sans relâche, avaient travaillé à la gloire de Venise et à celle du clan Dandolo ? Qui pouvait seulement s'enorgueillir de parcourir les mêmes venelles et de franchir les mêmes ponts que ses propres ancêtres, dix siècles auparavant ?

Tout en lui détaillant les tableaux où ses aïeux apparaissaient et les palais qu'ils avaient fait construire, Maria Alba ne manquait pas d'inculquer à sa fille cet esprit vénitien, cette fierté d'appartenir à une cité sans égale, d'avoir su être un peuple indépendant, puissant, raffiné.

– Tu vois, Léa, disait sa mère, tout a bien fonctionné tant que tout le monde était capable de se sacrifier pour le bien commun. Quand il y avait un danger, les nobles puisaient dans leur trésor, les familles offraient leurs meilleurs fils pour la guerre, les artisans et les commerçants redoublaient de travail. Tout le monde se serrait les coudes.

– Et ce n'est plus comme cela ? avait interrogé la petite fille.

– Hélas, nous avons dû être trop gâtés. Petit à petit, les gens se sont perdus dans les plaisirs et ont baissé la garde.

– Mais cela peut revenir ?

– Je crains que non. Aujourd'hui, chacun ne pense qu'à lui-même.

Bercée par cette vision idyllique et laborieuse, Léa rêvait plus au XVIe siècle glorieux qu'au XVIIIe frivole. Elle passait ses week-ends à se déguiser, après avoir longuement examiné les tableaux du quattrocento, d'une sorte de longue toge en drap rouge qu'elle avait demandé à faire border de peaux de lapins en guise d'hermine. Coiffée d'un avatar du *corno ducale*, le bonnet à pointe arrière, symbole du pouvoir, elle entraînait ses amies à tenir des « conseils des dix », à pourfendre l'infidèle ou mater les pirates uscoques de Croatie. Le tout se terminait en une folle procession sur la terrasse où les fillettes dépouillaient les rosiers et les bougainvilliers pour jeter des pétales sous les pas des vainqueurs. Une seule d'entre elles avait le droit de jouer à être le doge : Léa.

Si elle avait arpenté la ville, ses églises et ses musées en compagnie de sa mère, Léa, dès qu'elle put se promener seule à l'adolescence, résolut de l'explorer de fond en comble. En sortant du lycée, elle traînait pendant une ou deux heures et s'était mis en tête de parcourir tout ce que Venise comptait de campo, piazzetta, calle, piscina, ramo, ruga et rio. Elle les immortalisait avec son téléphone portable et en tenait un compte précis. Quand elle eut tout sillonné, elle recommença en ciblant les maisons qui lui plaisaient, les courettes bordées de fleurs en pot et les innombrables puits. Chaque fois qu'elle s'aventurait dans un étroit passage où le ciel n'était plus qu'une ligne ténue au-dessus de sa tête, elle avait l'impression de s'enfoncer dans une matrice. La cité devenait un être vivant, irrigué de ses veines-canaux, pulsant d'une vie secrète. Évidemment, elle détestait les remaniements architecturaux, limitant sa tolérance jusqu'au milieu du XIXe siècle. Elle effectuait un large détour pour éviter le pont de la Constitution, dont le modernisme d'acier et de verre lui donnait envie de pleurer.

Essoufflée, Léa débouche sur la place Santi Giovanni e Paolo. À cette heure, la basilique San Zanipolo projette encore son ombre massive. Seul, le rio est une coulée de lumière qui dore les façades de chaque côté. Pour se placer exactement dans les pas du peintre, elle a calculé qu'elle devait être appuyée à la façade de la maison du coin sud-ouest de la place, face à la Scuola Grande di San Marco, la cathédrale sur sa droite. Mais la place est prise par M. Boldi.

– Pas en retard, mademoiselle Malegatti, sourit-il.

Un peu gênée de la sueur qui mouille son chemisier et trahit un empressement enfantin de bonne élève, Léa détourne la conversation.

– Monsieur Boldi, est-ce que je peux me permettre une question ? Pourquoi avez-vous choisi ce tableau de Bellotto ? Ce n'est pas le plus connu, ni, pardonnez-moi, le plus spectaculaire.

– Hum ! J'ai une petite surprise pour vous et ce tableau est l'un des rares qui la mettent en valeur. Un peu de patience.

La dizaine d'élèves arrive peu après. M. Boldi commence ce cours à ciel ouvert, resitue le peintre, l'œuvre, la technique de la chambre obscure visiblement utilisée, puis les laisse commencer à crayonner.

Deux heures plus tard, l'enseignant sort d'un sac adossé contre le mur des décamètres d'arpenteur.

– Posez vos dessins. Nous allons maintenant vérifier l'apport de la chambre obscure et l'exactitude du tableau de Bellotto.

Les apprentis artistes se muent donc pour trois grandes heures en géomètres. Pour les deux équipes qui œuvrent sur la rive du canal où les habitations débouchent directement sans quai, le professeur a prévu des barques. La plupart des filles ne tenant pas à risquer leurs tenues, seules Léa et Valentina, une blonde corpulente, font équipe avec Simon et Lorenzo, de ce côté. Si elle avait pu, Léa n'aurait pas choisi ce dernier. C'est un Contarini.

– Depuis l'an de grâce 697, avait-il clamé avec suffisance quand leur professeur avait fait l'appel le premier jour, pour mettre un visage sur la liste de noms.

Évidemment, quand on a fourni pas moins de huit doges et une pléiade de diplomates, procurateurs et cardinaux à la Sérénissime, on peut être fier de ses ancêtres. Lorenzo semble s'en attribuer les mérites. Qui plus est, il a une gueule d'ange : une chevelure bouclée du fameux blond vénitien, presque roux, des yeux d'un bleu limpide, nez droit, bouche bien dessinée, un véritable ange du xve. Et il le sait. Les bienfaits ne venant jamais seuls, il appartient à l'une des branches de Contarini qui n'a pas épuisé sa fortune au service de l'État. Léa l'a immédiatement pris en grippe quand il lui a lancé :

– Ta mère est une Dandolo de quelle branche ?... Ah ! De Castello, et ton père fait quoi ?... Ah, bon ? Il est promoteur ?

Une façon peu élégante de souligner la mésalliance.

Heureusement, le jeune homme est beaucoup plus occupé par son portable qui sonne en permanence.

Tout ce qui est à portée de main doit être mesuré : longueur des façades, taille des fenêtres et des portes, écart entre elles, forme et surface des volets, nombre de marches d'accès...

– Soyez précis, recommande M. Boldi. Notez aussi le type de pierre ou de brique, les traces verdâtres laissées par le développement des algues à marée haute... Tout a son importance. Prenez un maximum de photos avec vos téléphones, aussi bien des perspectives générales que des détails, cela nous sera utile.

Les étudiants, avec Lorenzo à la traîne, commencent à manier le décamètre et gribouiller des schémas de mesures. Le travail est plus long qu'il n'y paraissait, mais être dans une barque au soleil plutôt que dans une salle de classe les ravit. Midi sonne au clocher de la basilique. Alors qu'elle tient l'instrument bloqué contre un mur, pendant que Simon le déroule, Léa se surprend à caresser la pierre. Celle-ci est tiède et elle perçoit de minuscules granules d'enduit qui se détachent et roulent contre sa paume. Elle a le sentiment de caresser un corps, le corps de pierre, d'une ville de pierre. Elle colle son visage contre la façade. Il s'en dégage une odeur de terre, de salpêtre et d'humidité. Elle n'avait jamais pris garde à l'odeur de Venise qui l'a pourtant accompagnée depuis sa plus tendre enfance. Elle lui découvre un aspect sensuel. La vue et l'ouïe sont des sens réputés nobles, ouvrant sur la peinture et la musique, l'odorat est suspect, captant les relents de bas-fonds ou d'étreintes. Elle prend conscience que c'est ce qu'elle éprouve : un élan quasi amoureux envers ces pierres que d'autres avant elle ont taillées, polies et caressées eux aussi. Amoureuse d'une ville, quelle folie ! Pourtant, là, la joue appuyée sur les briques disjointes, Léa sent l'émotion lui piquer les yeux. Si elle ne trouvait pas cela un peu ridicule, elle dirait qu'à cet instant la ville la possède.

Valentina regarde perplexe la jeune fille immobile le visage contre la façade :

– Oh, Léa, tu dors ? Bouge-toi, on a encore du travail !

Léa se décolle de la paroi. Quelque chose résonne en elle.

Le cours du lendemain n'a pas lieu dans la prestigieuse Ca' Foscari, siège de l'université, mais sur l'arrière du quartier de Dorsoduro dans un bâtiment annexe des années 70, que Léa a immédiatement détesté, comme si elle lui en voulait d'avoir pris la place d'un immeuble plus ancien. Avantage de la modernité, de larges fenêtres laissent entrer un flot de lumière qui se prête à la minutie de l'exercice. Il faut maintenant comparer leurs innombrables mesures et photos au tableau dont des reproductions agrandies s'étalent devant eux.

L'extraordinaire similitude entre la peinture et l'architecture qu'ils ont relevée s'impose. Toutes les distances entre portes et fenêtres, la moindre décoration, le niveau de remplacement de la pierre d'Istrie des soubassements par la brique, sont parfaitement respectés. Ils ont bien devant les yeux l'exact paysage que Bellotto a contemplé près de trois siècles auparavant.

– Et maintenant le meilleur, s'exclame leur professeur, ravi de les emmener là où il voulait. Reprenons le travail du groupe Léa, Simon, Valentina et Lorenzo. Je voudrais que vous examiniez la trace des algues qui marque la marée haute, dans le tableau puis la réalité d'aujourd'hui.

La réponse n'est pas longue à fuser :

– Sur le tableau, la ligne brune des algues est beaucoup plus basse. Il y a au moins trois rangées de pierres d'Istrie sur la peinture qui n'apparaissent pas sur les photos prises avant-hier.

– Aujourd'hui, le bas des portes a été muré sur... près de soixante-dix centimètres, dit Léa en reprenant ses notes.

– Si vous vouliez une illustration imparable de l'enfoncement de Venise, vous l'avez sous les yeux. Je vous ai fait refaire, en plus sommaire, l'excellente étude de Dario Camuffo, dont je vous enverrai ce soir le lien par internet. Il a établi ce constat en s'appuyant aussi sur des tableaux de Véronèse et Canaletto, avec les mêmes résultats. Vous y trouverez les détails méthodologiques. Le verdict est sans appel : soixante et un centimètres, soit un millimètre trois par an. Oui, reprit M. Boldi avec des accents lyriques, l'art n'est pas qu'une vue de l'esprit, l'art peut aussi dire le vrai et nous parler à travers les siècles.

– Et alors, grommelle un élève dans le fond de la classe. Tout le monde sait que Venise s'enfonce.

– Justement non, jeune homme, il n'existe un marégraphe que depuis 1872. Avant nous n'avons aucune information indiscutable, sauf celle-ci ! Vous lirez dans l'étude de Camuffo que depuis que ce marégraphe existe, l'élévation moyenne visible est d'un millimètre neuf par an. Ce qui signifie que l'enfoncement de Venise s'est accéléré.

» Je ne veux pas empiéter sur le cours de mon collègue M. Scherzi en ce qui concerne la chimie des matériaux, mais si nous reprenons le procédé de construction des maisons et des palais, une fois les milliers de pieux enfoncés dans la vase et une plateforme en chêne construite, le soubassement des murs est fait de cette belle pierre blanche et dure qui nous vient d'Istrie, et vous en avez tous remarqué la dernière rangée en ressaut qui protège des éclaboussures. Au-dessus, pour rester légère, la construction se poursuit en général en brique, avec de larges ouvertures. Aujourd'hui, cette brique est directement au contact de l'eau de mer. Le sel s'infiltre et délite les mortiers et les enduits, mettant les bâtiments à risque.

Léa reste pensive. Depuis qu'elle a éprouvé cette forme d'émotion pour la ville, elle se sent bizarre, différente. Elle perçoit comme une urgence qui l'appellerait. Elle regarde Venise autrement. Au lieu de statues, corniches et clochers, elle ne voit plus que décrépitude, pierres fissurées, briques rongées, enduits tombés en larges pans. Avant, tout éblouie de cette ville-musée, elle ne notait pas les plaques métalliques prêtes à obstruer les entrées des commerces, ni les passerelles, les marches ou les échafaudages rajoutés pour rattraper le niveau de l'eau. Maintenant, elle ne remarque plus que cela, comme des cautères sur des jambes de bois, des signes d'impuissance. Peu à peu elle met un nom sur ses sentiments. C'est de l'agacement, pire, de la tristesse, de la colère, de la honte. Cela lui évoque l'impression d'irrémédiable qu'elle avait ressentie en regardant une émission de télévision sur la destruction des bouddhas de Bâmiyân en Afghanistan. Quand les grandes faces sereines s'étaient écroulées en poussière, elle avait fait connaissance avec le désarroi d'un deuil qu'elle croyait réservé aux morts humains.

Maria Alba s'ennuie. Elle tente de s'absorber dans la disposition de freesias dans un vase. Elle aime le parfum sucré et sensuel de ces plantes. Chaque semaine, elle en place un bouquet dans sa chambre et un autre dans le salon. Léa s'offusque parfois :

– Encore des freesias, on ne pourrait pas changer ?

Maria Alba n'aime pas le changement. Les rituels la rassurent, quand tout va trop vite autour de soi. Elle sait également que cela plaît à Guido. Elle incarne le foyer, la stabilité. Elle a longtemps joui de ce rôle qui lui semblait une qualité. Elle ressent dans cette permanence une forme de fierté. Le monde passe, elle dure. C'est en partie ce qui l'a poussée dans les bras de Guido. Il était loin du prince charmant, mais lui offrait ce qu'elle commençait à ne plus espérer : la sécurité et la continuité. Au-delà de la suffisance du parvenu, elle avait apprécié son attachement aux valeurs de la terre et de la famille qui avaient irrigué son éducation.

Maintenant que l'argent n'est plus un problème, ses journées se passent à tendre vers la perfection domestique : vaisselle de chez Ginori, verres Baccarat, commodes XVIIIe, voisinant des canapés de chez Poltrona Frau et de discrets biscuits de Sèvres. Avec ce goût que l'on dit inné chez les Italiennes, Maria Alba sait marier les styles, afficher des racines en même temps qu'une modernité sans tapage. Elle veille à ses toilettes de la même façon, s'accordant des soies fuchsia ou turquoise, des décolletés à peine trop profonds, que viennent contredire des jupes droites plutôt rétro. Elle évite seulement les trop hauts talons, elle qui dépasse déjà Guido de près d'une tête. Elle a un carnet dans sa coiffeuse où elle note, jour après jour, les tenues et les menus en fonction des invités et des visites. Hors de question de resservir les mêmes plats ou de porter les mêmes vêtements qui donneraient à croire que l'on est en manque.

La vie a filé, entre thés et soirées, magazines de déco et magasins de luxe. Pourquoi s'agace-t-elle ce matin de ces freesias qu'elle trouve tout à coup stupides, presque vulgaires avec leurs couleurs outrées ?

Dans deux mois, elle aura cinquante-six ans. L'âge se combat de plus en plus mal, malgré les crèmes de luxe à l'aloe vera et le léger lifting qu'elle n'a jamais voulu avouer. Le creux de ses seins, le tour de son cou s'avachissent. C'est inexorable. Bientôt, elle devra renoncer à mettre en valeur ses bras qui se tachent, et elle a eu, il y a peu, un pincement au cœur en les levant devant son miroir. Sa peau commence à s'affaisser comme un voile trop lourd.

– J'ai l'air d'une chauve-souris, s'est-elle exclamée à voix haute, les larmes aux yeux.

Quand elle a un problème, Maria Alba se réfugie sur la terrasse. Elle en prend un soin méticuleux. Elle adore la balancelle où elle se blottit en se berçant d'un pied. Elle se laisse rasséréner en lissant de la main le grain du marbre de la table basse et surtout par la profusion de fleurs dans un savant désordre, cette impression de sauvage domestiqué qu'elle fait entretenir à grands frais.

De là, elle n'aperçoit que les tuiles entre rose, beige et brun, le haut d'une lucarne, quelques-unes de ces cheminées évasées vers le haut, caractéristiques de la ville. Le ciel n'est jamais vraiment bleu à Venise, il est comme blanchi de trop de soleil et son ton pastel s'accorde à celui des toits dans une douceur rassurante. L'appartement se situe suffisamment loin du Grand Canal pour s'abstraire du ronronnement permanent des moteurs. Des rumeurs montent à peine des rues sans voitures. De cette terrasse, Maria Alba se sent protégée du temps. Ce sont les mêmes tuiles, les mêmes cheminées, le même ciel qui ont accompagné ses grands-mères et ses arrière-grands-mères, dans une lénifiante continuité.

Rien ne change ? Si. Elle sait bien que les choses changent, même l'éternelle Venise. Elle a vu, depuis son enfance, les rues s'encombrer de touristes, les commerces se transforment et ses amis morceler leurs maisons de famille pour aménager des studios Airbnb. Tout cela lui paraît trivial, mais d'un autre côté l'argent a afflué. Venise qui se délitait s'est reprise. Nombre de palais transformés en hôtels y ont gagné des restaurations hors de portée des habitants historiques. Est-ce si important que leurs propriétaires en soient aujourd'hui américains, russes ou émiratis, s'ils en assurent la pérennité ? Elle comprend Guido quand il parle avec satisfaction de développement et d'emplois. Mais elle n'aime pas que cela influe sur son espace ni être obligée de se mêler à la foule. Alors elle règle soigneusement ses sorties et ses itinéraires pour l'éviter.

Elle feuillette sa revue, la repose, la reprend. Le ciel affiche un gris souris, mélancolique. Est-ce cela qu'elle ressent ? Guido est parti quatre jours à Rome, Léa est en cours et traînera sûrement avant de rentrer. Elle pourrait aller chez le coiffeur, organiser un thé, appeler Rita pour un après-midi à la plage ou voir cette exposition photos dont le catalogue lui tombe des mains. Elle se sent engourdie, un peu mal à l'aise.

L'entrée de Léa à la faculté a signé les débuts des états d'âme de Maria Alba. Elle s'est sentie dépossédée et sait que c'est définitif. De cet enfant, elle n'a pas aimé les premiers âges. Elle lui en a voulu d'être obligée de lutter pour retrouver sa sveltesse, ou d'avoir des haut-le-cœur devant les couches puantes, et a largement fait appel à des nounous. Profitant d'une précocité étonnante de l'enfant, elle l'a fait entrer à l'école avec plus d'un an d'avance. Mais au fur et à mesure que la petite fille grandissait, Maria Alba a fini par s'intéresser à son éducation. La curiosité enfantine lui donnait l'impression d'imprimer sa marque dans une cire vierge. Deux choses lui semblaient dignes de transmission : la notion du beau et l'amour de sa ville et de sa lignée. Dans un monde tourmenté et imprévisible, la culture de ses racines serait un socle inaliénable sur lequel se reposer. Quant au beau, ce serait une joie de vivre et au pire une consolation. Dans ces domaines, elle avait formidablement réussi. Léa était avide de tout. À six ans, elle avait fait ses premiers pas au palais des Doges.

Lovée dans sa balancelle, Maria Alba aime évoquer ce jour-là avec un sentiment d'autosatisfaction. Grâce à son nom, elle a ses entrées au palais en dehors des heures publiques. Elle revoit l'enfant gravir l'escalier d'or de ses petites jambes, écrasée par ce faste silencieux.

– C'est le chemin du paradis ? demande la petite en se tordant la tête pour contempler les plafonds à caissons.

En haut, les salles croulant de marbres, les gigantesques tableaux l'intimident. Elle hésite à entrer, restant dans l'embrasure comme si elle s'attendait à être punie de sa curiosité.

– Maman, pourquoi c'est si grand !

– Ma chérie, le doge était un grand roi. Il avait beaucoup de conseillers et il recevait les personnes de la terre entière.

– Venise était la capitale du monde ?

– Oui, en quelque sorte.

Léa se souviendrait d'avoir eu l'impression d'entendre le brouhaha des voix d'une foule en habits chamarrés venue du fond des temps. Mais les pièces sont trop vides, trop grandes. Sa petite robe bleue, sa plus jolie, apparaît fade en comparaison de ce qu'elle voit sur les tableaux. Elle éprouve pour la première fois de sa vie de la nostalgie pour cette époque de puissance.

– Et on avait un grand-père qui était le roi ?

– Pas exactement un grand-père, mais au moins quatre de tes aïeux ont été doges à Venise il y a très, très, très longtemps. Viens voir, ajoute Maria Alba en entraînant la fillette dans la salle du Grand Conseil.

Le gigantisme de la pièce contraste avec les fines silhouettes de la mère et de la fille. Elles s'avancent doucement comme des cosmonautes sur le sol d'une étrange planète. Les deux cents doges forment une sarabande de portraits tout autour de la pièce.

– Enrico, Francesco, Giovanni, Andrea, récite la mère, d'un médaillon à l'autre.

Tout cela est un peu obscur pour Léa. Ces hommes à barbe blanche, couronnés de pierres précieuses, ces fronts ridés, ces regards perçants, l'impressionnent et lui font peur.

Après cette visite, Léa ne parle plus que de cela, harcèle sa mère de questions :

– Il avait des enfants le doge ? Ils vivaient aussi dans le palais ? On se faisait souvent la guerre comme sur les tableaux ?

Maria Alba jubile. Elle n'est plus la descendante d'une famille désargentée, épouse d'un roturier, mais la passeuse d'une histoire qui se prolonge dans cette enfant émerveillée.

Un seul petit couac vient troubler cet enthousiasme. Un soir, Léa, assise sur les genoux de son père, lui montre son livre d'histoire de Venise largement colorié. Devant le dessin d'un doge, elle demande :

– Et toi papa, c'était qui les doges de ta famille ?

Guido se racle inconsciemment la gorge.

– Ma chérie, dans ma famille, on était paysan. Ton grand-père et son grand-père faisaient pousser le blé et les légumes pour nourrir tout ce beau monde.

Il parle avec un ton faussement enjoué. Mais rien n'échappe aux enfants.

– Ils n'avaient pas les beaux habits, ni les chevaux ni les bateaux ? interroge-t-elle, vaguement déçue.

Guido a un geste d'impatience et referme le livre.

– Tout le monde n'a pas cette chance, dit-il d'un ton un peu trop sec. Il faut bien qu'il y en ait qui triment pour que les autres se pavanent. Mais cela n'a pas d'importance. Maintenant c'est papa qui gagne beaucoup d'argent pour que toi, ma princesse, tu puisses avoir de beaux habits.

Léa note l'étrange regard qui s'échange entre ses parents. Quelque part dans le cerveau de l'enfant s'imprime ce relent de gêne. Plus jamais elle n'abordera ce sujet avec son père.

La mère et la fille passent des jours entiers à sillonner la ville. À l'heure où ses camarades vont aux cours de danse, de musique ou de natation, Léa fréquente les musées de l'Accademia ou le Correr, la basilique San Zanipolo et les autres innombrables églises. Maria Alba se complaît à décrire un âge d'or où le monde entier enviait cette ville étrange, la seule qui ait su résister à tous les périls, celle du raffinement, de la tolérance, des inventions ; une cité où se croisaient en paix Maures et Européens, chrétiens, juifs et même athées. Ce faisant, évidemment, la mère oublie les innombrables intrigues, factions et coups fourrés qui secouaient régulièrement Venise. Elle oublie la redoutable police et les bouches de dénonciation, ces boîtes à lettres en pierre scellées dans les murs du palais, qui ne désemplissaient pas de courriers malveillants pouvant conduire en prison après un procès expéditif. Cette ville, maître de la communication avant la lettre, continuait à se prétendre sereine et même Sérénissime.

Puisque Léa, arrivée à l'adolescence, se passe de chaperon pour arpenter la ville, les talents de conteuse de Maria Alba n'ont plus d'emploi. Elle se sent inutile, comme échouée sur un rivage dont elle redoute qu'il ne soit celui de la vieillesse.

Guido a bataillé ferme pour obtenir un bureau à la Ca' Farsetti, le palais historique de la municipalité. Hors de question d'être relégué dans l'immeuble moderne des « affaires économiques », ou même de supporter la lumière électrique toute la journée dans les parties arrière du palais qui donnent sur d'étroites ruelles. Si toutes les salles aux hautes fenêtres ogivales sont réservées aux réceptions et aux bureaux du maire, il est le seul à avoir intrigué suffisamment pour s'installer au dernier étage, où deux belles ouvertures lui donnent une vue imprenable sur le Grand Canal. De là, il domine la ville, la respire, la couve. La pièce mériterait le passage de Maria Alba pour être disciplinée. Un bureau de verre et d'inox et un fauteuil en cuir voisinent avec un canapé XVIIIe dans le « coin salon » et des armoires sans cachet. Les murs sont nus à l'exception d'une grande carte de Venise en relief de plastique moulé, comme on en faisait dans les écoles des années 80. Guido y plante des punaises dans les lieux stratégiques dont il s'emploie à modifier la destination. Comme un gosse, il se prend pour un général déployant ses troupes. Sur le bureau, sous le bureau, autour du bureau des piles de dossiers s'entassent ou s'écroulent. Cela participe de l'ambiance survoltée qu'il aime semer autour de lui. Il s'épanouit dans l'urgence. Le temps contraint le renforce dans l'impression d'être irremplaçable.

Dès son arrivée à la mairie, il a bâti une théorie de développement économique qui lui donne l'air docte dans les assemblées : Venise est la ville des flux. Des flux de sel et de céréales, de soieries et de bijoux ont bâti sa fortune. Empruntant ce carrefour quasi obligatoire entre l'est et l'ouest, le nord et le sud, la terre et la mer, chaque marchandise a laissé sa part de taxe et de plus-value. Dès le XVIIIe siècle, sous les coups de boutoir de nations devenues plus puissantes, Angleterre, France, Autriche d'un côté et Empire ottoman de l'autre, les fameux flux se sont détournés, Venise a sombré. La ville s'est endormie, laissant tomber ses crépis, devenant le repaire d'esthètes excentriques et de romantiques qui s'y payaient l'élégance de venir y mourir.

Mais le formidable patrimoine n'a pas dit son dernier mot et Guido a bien identifié le nouveau flux qui fait renaître et prospérer Venise : les humains ou précisément le genre *Homo touristicus*. Comme au Moyen Âge, il s'agit de maximiser ce flot et surtout d'optimiser les espèces sonnantes et trébuchantes qui en résultent. Il faut équilibrer l'investissement, les potentialités des sites avec le pouvoir d'achat des visiteurs, ce qui est tout un art. Le succès, professe Guido, tient dans la rotation des individus. Plus elle est rapide, meilleure est la rentabilité, d'autant que des voyageurs pressés s'agglutinent tous aux mêmes endroits, limitant le périmètre à entretenir. Cela tombe bien, la rapidité est devenue la norme : « Europe en une semaine », « Italie en quatre jours », « Venise en un week-end », « en un jour », « en deux heures » sont les têtes de gondole des officines touristiques. Guido a considéré deux populations susceptibles de garantir la fortune de la ville. D'un côté les très riches, pour lesquels seuls conviennent quelques palais-hôtels. Pour ce petit segment, il suffit de s'assurer que ces lieux illustres arrivent en des mains expertes, souvent privées, qui savent gérer cette clientèle. Mettre ses pas dans ceux de l'ancienne puissance, manger dans sa vaisselle, dormir dans ses chambres procure le frisson ; une « expérience » selon la dénomination à la mode.

Guido s'entend à merveille avec Paolo Ventin, l'adjoint au tourisme. Ensemble, ils sont en train de mener à bien la vente d'une vingtaine de palais, propriétés de la municipalité, qui représentaient des charges insupportables d'entretien au regard de leur utilité. Avoir le siège de la police dans un édifice prestigieux est une aberration. Les gens iront aussi bien porter plainte n'importe où ailleurs. La cession de ces grands bâtiments permettra de faire rentrer les millions qui manquent pour entretenir la ville.

À l'autre bout du spectre, dans l'idée du conseiller aux affaires économiques, il y a le tout-venant touristique moins fortuné, mais plus nombreux et dont le rapide taux de rotation pallie le faible pouvoir d'achat. Trente millions de personnes dépensant en moyenne plus de 30 euros par jour représente une fortune. Pour elles, Guido a un projet qu'il veut esquisser, ce matin, à Paolo.

Ce dernier a un physique de parallélépipède avec ses deux mètres de haut et ses cent cinquante kilos plantés au sol sur des jambes ressemblant plus à des poteaux. Il lui suffit de paraître pour en imposer. Son sourire, vissé sur un visage qui accuse les stigmates de la trop bonne chère, s'ouvre sur de petites dents pointues qui lui donnent l'air carnassier. Carnassier, il l'est. Pour lui, comme pour Guido, vivre c'est foncer et les deux compères se sont trouvés dès la campagne électorale. Mais à la différence de son ami, Paolo, vénitien d'origine, a chevillé au corps le sens de la diplomatie traditionnelle de la Sérénissime. Il adore plus que tout concocter le « coup d'après ».

Ce matin-là, il déboule sans frapper, comme à son habitude :

– Alors mon cher Guido, de quoi parle-t-on ? Encore une de tes idées de génie ? lance-t-il sans méchanceté.

Guido le laisse s'effondrer dans le canapé qui craque sous l'effort et malgré l'heure matinale s'empresse de lui servir un whisky.

– Goûte-moi ce breuvage japonais, mon vieux, je l'ai pêché à ton intention chez des spécialistes, pendant ma virée à Rome.

Ils prennent quelques minutes pour se concentrer sur leurs verres. Puis Guido esquisse un sourire.

– J'ai un petit plan à te soumettre. Cela fait un moment que je réfléchis au coup d'après, comme tu les aimes. Nos arrêtés municipaux ont déjà fait du bon boulot, mais nous sommes à la fin de la première manche. Le moindre grenier se retrouve sur Airbnb, les commerçants ont accompagné le mouvement, l'offre de restauration rapide est cohérente. Les emplois ont suivi. Tu connais ma théorie des flux : cinquante à quatre-vingt mille touristes par jour permettent à quarante mille personnes de venir bosser tous les matins. Nous faisons la fortune de gens de Mestre et de Marghera, qui sont aussi nos électeurs. Bien.

Guido se cale dans son fauteuil en se rengorgeant.

– Mais toute l'Europe, toute la Chine, toute l'Amérique attendent leur tour. Les prix de l'immobilier flambent, les immeubles à récupérer se font rares. Les habitants rechignent à déménager alors que des offres pour leurs logements se bousculent. Nous sommes à l'os côté Venise. Il est temps d'avoir quelques projets pour la terre ferme. À Mestre et à Marghera, les industries chimiques sont à la peine, des terrains vont se libérer près des ports. De quoi lancer des projets d'hôtellerie d'entrée de gamme, genre Formule 1 et compagnie. On fait des forfaits pour une nuit, maximum deux, tour en ville compris. Et là, on casse la baraque. Ce n'est pas trente millions de personnes mais cinquante qui vont défiler, ce n'est pas un milliard cinq qui va tomber mais deux, trois, quatre, je te le garantis mon petit Paolo. Sans parler des jobs pour construire les bâtiments, ni des femmes de ménage, chauffeurs de bus, guides… Des boulots pour des gens qui gagnent honnêtement leur vie, ce n'est pas cela que l'on veut ? Et c'est pour cela qu'ils nous ont élus.

– Et tu les promèneras où à Venise, tes braves gens ? ricane Paolo en se resservant un verre. Tu es comme moi, tu ne mets plus un pied place Saint-Marc, parce qu'il n'est plus possible d'y mettre un pied. Les gens sont déjà serrés comme dans des bancs de sardines.

– Les flux ! Encore une fois ! D'abord il est invraisemblable que le palais des Doges ferme à 19 heures en plein été, alors qu'il fait nuit à 22 ou 23 heures. Je suis sûr que les visites nocturnes auraient un succès fou. Et comment fais-tu quand tu veux accélérer la rotation des voitures sur un parking ? Tu fais un tarif progressif. Pour le moment, nous n'envisageons le péage que pour les touristes qui débarquent des navires de croisière. Un jour ou l'autre, il faudra bien l'instaurer pour l'accès à la place Saint-Marc et même à tout le quartier. Plus tu restes plus tu payes, c'est normal. On peut aussi imaginer que ce soit moins cher le soir ou le matin tôt, pour étaler les flux.

Guido s'est levé et caresse du bout du doigt sa carte murale. Il les voit les touristes, qui arpentent la ville en bataillons ordonnés, il la voit cette cité dont il aimerait qu'elle ne s'endorme jamais, brasser les êtres et les millions.

Revenant s'asseoir, il abat sa dernière carte :

– Et un jour il faudra bien reparler du métro. Tu ne peux pas d'un côté multiplier les avions low cost et de l'autre n'avoir qu'un malheureux pont et quelques bateaux pour convoyer tout ce petit monde. Les flux, les flux ! répète-t-il d'une voix extatique.

» Donc j'ai besoin de toi mon ami. Tu sais que notre bon maire n'aime rien tant que ce qui naît de son propre cerveau. Je ne lui reproche pas. Mais rien n'empêche de lui susurrer à l'oreille. Les points de vue des adjoints du tourisme et du développement économique réunis auront du poids, crois-moi. Et je parie que dans quelques mois il nous annoncera ce génial projet en conseil municipal.

– Tout doux, mon beau, s'amuse Paolo en mimant un geste d'apaisement. Des centaines d'avions, des dizaines d'hôtels sur terre ferme, des millions de touristes… plus on en a, plus cela coûte cher : les tonnes d'ordures, les flics pour empêcher les gens de se balader à moitié nus ou de plonger une tête dans les canaux, les ivrognes à ramasser, les plaintes de Vénitiens qui ne pourront plus dormir… Sur le fond j'aime bien tes idées, mais il faut y aller mollo. L'Unesco a déjà menacé de revenir sur le label de « patrimoine mondial » et de nous déclarer en péril, ce qui serait une très mauvaise idée. La commission nous a donné un an pour présenter un plan de sauvegarde. Nous avons une première audition dans six mois pour en exposer les grandes lignes et les financements. J'en suis chargé et pour le moment, à part le MOSE pour protéger la ville, je n'ai pas grand-chose à me mettre sous la dent. Ils vont s'étrangler en entendant tes projets.

» Et tu sais que je suis un vieux Vénitien, peut-être un peu old school, mais j'ai du mal avec l'idée d'une ville découpée à la carte comme tu le fais pour tes appartements. Attention de ne pas tuer la poule aux œufs d'or. Venise doit aussi se mériter. Le rêve fait partie des raisons pour lesquelles les gens viennent ici.

– OK mais si le rêve ne se concrétise pas, il n'a pas d'intérêt, rétorque Guido agacé.

– Écoute, commençons doucement. Rendre constructibles les terrains industriels déclassés à Marghera n'est pas très compliqué. Essayons avec quelques hôtels et tes fameuses formules. Ensuite on avisera. Si nous avons de bons chiffres à produire, ils parleront d'eux-mêmes.

Les deux compères continuent à palabrer, chamboulant un peu plus les dossiers de Guido et griffonnant des chiffres. Des fenêtres montent le ronronnement des moteurs de toutes sortes et quelques carillons de cloches d'une ville qui ne se doute pas que son avenir s'amorce, à cet instant, sous les toits de la Ca' Farsetti.

Ses détracteurs disent de Livio Scherzi qu'il est la caricature d'un universitaire de gauche. Sa silhouette longiligne est soulignée par d'éternels costumes noirs, en velours côtelé l'hiver et en coton l'été, un polo à col roulé tenant lieu de chemise. Il soigne sa barbe poivre et sel en une taille savamment négligée. De grandes lunettes d'écaille mettent en valeur ses yeux verts piquetés de marron. Des pommettes hautes, un menton volontaire, il est la coqueluche des étudiantes. Pour autant, il n'a jamais joué de sa prestance ni de son statut pour se laisser aller à une aventure. Cela ne rend que plus incongru l'intérêt qu'il a senti monter pour Léa Malegatti dont la silhouette ambiguë, à la fois généreuse et androgyne, est loin de répondre aux canons de la beauté. S'il doit définir en quelques mots ce qui l'attire chez elle, c'est l'énergie, une rondeur mêlée de fermeté qui lui confère une plénitude dont elle n'a sans doute même pas conscience. À côté des autres jeunes qu'il trouve amollis, potaches ou désabusés, Léa donne l'impression d'un félin toujours prêt à bondir. Elle est de loin la plus jeune de sa promotion, mais se révèle nettement plus mature que nombre de ses condisciples. Dès les premiers cours, elle a manifesté une soif de comprendre, le harcelant de questions, au point qu'il s'est mis à guetter ses seules réactions tout en pérorant sur l'estrade. Habitué à des marques d'ennui poli, il s'est tout d'abord senti flatté de déclencher un tel intérêt. Pendant des semaines, il s'est convaincu qu'il ne ressentait qu'une attention professionnelle pour une élève particulièrement douée. Mais un matin il s'est réveillé en s'avouant avoir rêvé d'elle d'une manière bien peu académique.

Léa, de son côté, a d'abord été reconnaissante à Scherzi de lui faire aimer la « physique et chimie des matériaux », un cours dont elle redoutait le côté barbant. Elle s'est toujours sentie plutôt littéraire et artiste. Mais rapidement leur professeur l'a convaincue que la beauté réside aussi dans les subtilités techniques et dans la patte des artisans.

– Un peintre, depuis que l'homme a déployé ses talents dans les grottes, est avant tout un chimiste qui sait broyer et mélanger les pigments, trouver de nouveaux composants pour faire ressortir des effets moirés, des noirs vraiment noirs, des nuances de couleurs, disait-il. Si vous ne comprenez pas cette base, vous ne comprendrez pas la peinture.

» De même, l'architecture ne se regarde qu'en la rapprochant des techniques de construction, des qualités propres des matériaux, de l'art de leur mise en œuvre. Au début de tout il y a la physique et la chimie, que cela vous plaise ou non. Le réel, le réel, martèle-t-il, le reste c'est de la littérature !

Elle est restée marquée par l'affaire de la chambre noire, ce pont dressé entre hier et aujourd'hui grâce aux peintres, et ces preuves de la montée des eaux.

Elle l'a bombardé de questions sur les procédés architecturaux. Comment était-il possible de faire reposer des palais entiers sur des pieux en bois ? Les bâtisseurs de l'époque avaient-ils conscience de ce défi ? Pouvaient-ils prévoir l'enfoncement de la ville ?

Le naufrage de Venise est un lieu commun, mais maintenant il la hante. Elle a trouvé les chiffres de la fréquence des épisodes d'acqua alta, qui ont quasiment doublé depuis sa naissance. Cette réalité lui devient charnelle. Elle scrute d'un quartier à l'autre une auréole boursouflée en bas des murs. L'odeur de salpêtre et de moisi la révulse. La nuit, il lui semble entendre craquer les pieux millénaires et, dans ses cauchemars, la ville s'enfonce sans bruit, aussi inexorablement que le *Titanic*, ne laissant que des traces brunes dans les eaux laiteuses de la lagune.

Scherzi s'amuse de ses remarques et lui inflige la lecture d'études savantes sur le dérèglement climatique, le rebond postglaciaire, les pompages des eaux douces dans les années 60 ou l'influence du passage des gros navires.

– Mademoiselle Malegatti, se moque-t-il gentiment, vous allez regretter d'avoir fait une section littéraire au lycée. Voyez-vous, nos merveilles artistiques reposent sur de vulgaires équations !

Léa a vite repéré le blog que tient son professeur. Elle le découvre vindicatif, proche des mouvements « no grandi navi » qui militent pour l'interdiction des gigantesques navires de croisière, mais aussi contre les transformations des palais en hôtels et le tourisme de masse. Elle s'amuse à imaginer une rencontre entre son père et Scherzi. L'universitaire a même figuré, sans grand succès, dans une liste écologiste quelques années auparavant.

Quand elle le cuisine sur le sujet, elle le voit s'animer, ses longues mains s'envoler, sa voix devenir plus rauque. Elle aime ce pouvoir sur lui qu'elle attribue autant à leur discussion qu'à son propre charme. Car, oui, elle le trouve beau, raffiné, intelligent… vénitien en un mot, et éprouve un sentiment légèrement excitant à accaparer ses regards.

Un soir, leur palabre de fin de cours est interrompu par la femme de ménage. Ils continuent naturellement devant un café, qui tourne vite à l'habitude. Sans préméditation, ils glissent l'un vers l'autre. Puis se trouvent, par un hasard trop bienvenu. Elle toute à l'explosion de sa séduction de jeune femme, lui déjà écartelé par le remords de leur différence d'âge.

La fin d'après-midi est tiède. La bière glacée se condense sur les verres, la rue bruisse de claquements de talons et d'interjections en toutes les langues. Un parfum de zaeti, les biscuits de maïs, flotte depuis la boulangerie proche. C'est un jour léger, où tout est facile, tout est permis. Alors elle pose sa main sur la sienne et le nargue les yeux dans les yeux. Il pourrait refuser, se dégager avec la fausse désinvolture de celui qui refuse une avance. Il en est incapable, cette paume chaude et ferme le fait tressaillir, l'emporte. Lui qui s'est toujours méfié du sentiment amoureux y succombe comme un adolescent. Il la perçoit outrageusement belle. Un jean noir lui moule les fesses et les cuisses, un simple T-shirt bleu pétrole allume des reflets dans sa chevelure noire, une fine chaînette d'argent, des boucles d'oreilles couleur saphir, cette savante simplicité la met furieusement en valeur. Il ne voit que la courbe des seins, ses mains qu'il imagine déjà courir sur son corps, le gras de l'oreille qu'il voudrait goûter, et les paillettes dans ses yeux qui dansent en une promesse érotique. Elle gagne.

Ils sont prudents, elle n'a que dix-sept ans, leur liaison pourrait valoir à Scherzi le renvoi de l'université, voire pire. Mais Léa a habitué sa mère à des retours tardifs, rien ne trouble leurs cinq à sept.

Livio habite un grand appartement du quartier populaire de Cannaregio, proche du ghetto, un de ces recoins de Venise où du linge pend aux fenêtres et où il est encore possible de faire ses courses. Dans la cour aux plâtres défraîchis, trois vieilles dames rivalisent de plantes vertes au milieu desquelles circulent des matous nonchalants. Un puits comblé sert de pot de fleurs à une grappe d'impatiences rose et grenat, un arbrisseau malingre tend les bras vers la lumière. Pour Léa, cette atmosphère hors du temps signe la vraie Venise et elle sait gré à Livio de ce bon goût.

Au second étage, son professeur a imaginé un lieu chic et austère. Les murs entièrement blancs font ressortir le sombre parquet au point de Hongrie et les meubles cirés, dont pas un ne déparerait dans un musée, que ce soit le buffet, les deux lourdes armoires, le lit au ciel marqueté de roses ou l'immense bureau. Les seules notes de couleurs sont à trouver sur les dos des livres de la bibliothèque ou la couette bariolée. Léa adore cette simplicité où seuls deux ordinateurs rappellent la modernité.

Il voudrait la déshabiller lentement avec une dévotion gourmande, presque une impression de sacrilège. Elle rit, fait voler son T-shirt par-dessus sa tête, arrache quasiment son soutien-gorge. Torse nu, elle lui fait face, triomphante. Livio ne se souvient pas de femme dégageant une telle candeur impudique, l'assurance de la jeunesse mêlée de provocation, d'impatience et du discret tremblement de ses lèvres qui signe l'inquiétude d'être jugée. Toute sa vie, il gardera le souvenir de cet élan qui, ce jour-là, lui a fait monter les larmes aux yeux. De ses deux compagnes précédentes ou de ses quelques frasques, il lui semble qu'il n'avait jamais approché d'aussi près cette gloire du féminin.

Pour Léa, l'amour physique n'est pas une découverte. Quelques soirées un peu arrosées lui en avaient révélé les plaisirs, qu'elle avait ressentis comme une exaltation du corps plus qu'un acte d'amour. Cette fois-ci, les semaines d'attente avant d'entrer dans l'intimité de cet homme, leur accord d'abord intellectuel, ont fait mûrir un sentiment auquel elle s'abandonne avec l'ivresse des premières fois. Et puis, se retrouver à dix-sept ans la maîtresse d'un homme de près de cinquante lui donne, à ses propres yeux, un statut de vraie femme.

Tout dans leur relation concourt au romantisme, celui dont Venise a, paraît-il, le secret. Quand elle ouvre un œil, après leurs ébats, elle imagine son amant revêtir chemise et pourpoint et ceindre son épée. En rentrant le soir, dans l'ombre des ruelles, elle se laisse emporter par ces images désuètes des jeunes beautés vénitiennes dont l'exceptionnelle liberté juridique et morale faisait la réputation de cette cité des plaisirs.

Cette vision romantique de sa vie et de la ville se heurte à ce qu'elle entend en rentrant à la maison. Léa s'agace de plus en plus des discours de Guido sur le développement qui doit saisir Venise et même la bouleverser. Jusqu'à présent, elle s'était poliment ennuyée aux soirées électorales et autres festivités où on l'avait traînée, sans chercher à rien y comprendre. Maintenant, il lui semble que son père et ses amis sont en train de lui casser son rêve, de rabaisser son évocation chevaleresque au rang de décor de pacotille. Une forme d'animosité la gagne.

Dans un cours attendu des choses, les graines aristocratiques semées par sa mère auraient pu la faire basculer en gardienne du temple, en tatillonne conservatrice de quelque musée, en spectatrice du destin de la ville. La fréquentation de Livio en décide autrement.

Au-delà de leurs jeux amoureux, Léa découvre que l'avenir de Venise occupe au moins autant les pensées de son amant que les élans sentimentaux. Il le ronge, même, d'une colère froide. Livio appartient à un groupe universitaire qui planche sur les dangers et les solutions pour la ville. Il passe ses soirées avec des écologues, des climatologues, des hydrauliciens, des architectes, mais aussi des économistes et des sociologues mettant en musique un rapport qui devra être le socle d'un mouvement de renouveau de Venise.

– Assez de Veniseland ! Assez de ce ratio de six cents touristes pour un habitant ! Assez d'une jeunesse à qui on offre que des emplois de serveurs ou de gondoliers de pacotille ! Assez des expulsions de locataires pour ouvrir des Airbnb !

Depuis qu'il a tombé, auprès de Léa, le masque de l'universitaire, il laisse cours devant elle à ses emportements doctrinaux. Certains jours, quand elle arrive chez lui, elle le trouve si absorbé dans son fameux rapport qu'il tourne à peine la tête quand elle lui effleure les cheveux d'un baiser.

Elle s'installe alors dans la vieille bergère et travaille de son côté sur sa tablette. Dans l'appartement retiré, le silence est profond, à peine troublé d'un bruit de porte, d'un raclement, d'une voix solitaire. Là encore, il semble à Léa qu'elle est transportée dans la Venise d'avant, celle qui chuchote ses secrets. Puis, dans une sorte de rituel, Livio pousse un gros soupir, referme l'ordinateur et lui lance un regard qui la fait fondre.

« Sauver Venise », le titre du document sur lequel il travaille, apparaît en gras sur le tirage papier punaisé au-dessus du bureau. Il est illustré d'une photo que Léa trouve troublante. Loin de la sempiternelle vue de la basilique Saint-Marc ou du palais des Doges, c'est une prise aérienne à grande échelle qui a été choisie. Sans ses colifichets, Venise est nue. La trace du pont à peine visible accentue la notion de ville-île, dont les toits roses serrés les uns contre les autres apparaissent presque incongrus au milieu des eaux verdâtres qui à la fois l'assiègent et la protègent. Côté mer, la barrière du Lido s'interrompt sur les grandes bouches où les eaux s'assombrissent jusqu'au bleu profond de l'Adriatique. Ces passes disent tout de la ville. Elles l'ont alimentée d'eaux fertiles durant des siècles, ont laissé passer navires et richesses, mais elles restent une béance, qui soumet Venise aux dangers du large.

Les hommes ont cru que les périls n'auraient que formes humaines, bateaux de guerre ou de pirates ; aujourd'hui c'est l'eau elle-même, son niveau, qui menace. L'idée d'édifier un barrage saute aux yeux, mais museler ces bouches ne fera-t-il pas s'étioler la ville, aussi sûrement qu'un corps privé de sa nourriture ? Dans la théorie des flux de Guido, il n'est question que de marchandises et d'individus. La photo aérienne replace la priorité : ce sont avant tout les flux liquides qui ont fait la ville. Ce mélange des eaux salées arrivant de la mer et d'eaux douces dévalant des terres vivifie et fertilise la lagune depuis toujours, et les hommes en ont tiré les fruits. Les fleuves amènent des sédiments, l'Adriatique les suce. Dans l'histoire, Venise a veillé à rester les pieds dans l'eau pour être protégée des attaques terrestres, mais pas trop profondément pour éviter que les flottes ennemies ne puissent aborder par le large. Depuis 1501, un collège d'experts nommé le « Magistrat des eaux » règne sur cet art délicat de l'équilibre du terrestre et du marin. Organisme plus puissant, disait-on, que le doge lui-même, il a supervisé le détournement de fleuves entiers, la construction de kilomètres de digues sur les lidos, le creusement de canaux. Pas un pieu ne s'enfonçait, pas un fossé ne se curait sans son accord, et son pouvoir allait jusqu'à infliger la peine de mort. À l'aube du XXe siècle, quelque chose s'était brisé de cette connivence entre terre et mer, quand l'attrait de l'industrie et du profit avait pris le pas sur la régulation du régime des eaux, quand les hommes avaient oublié que la lagune était un être à la vie fragile.

Le rapport que Livio supervise remet cette question au centre, réaffirmant qu'il n'y a pas de Venise sans une lagune vivante. Cette évidence frappe Léa avec une pointe d'agacement : elle ne connaissait finalement pas si bien sa ville.

Le document de plus de deux cents pages s'appuie sur d'innombrables travaux universitaires.

– Les faits, le réel, la mesure, clame toujours Livio, sinon nous ne serons pas crédibles.

Cartes et graphiques se succèdent donc pour expliciter le naufrage de la Sérénissime.

– Pas de chance, la plaque tectonique s'enfonce naturellement, mais ce n'est guère qu'un peu plus de un millimètre par an, professe-t-il. Le poids des bâtiments sur le sous-sol meuble a aussi une légère influence.

– On est loin des soixante à soixante-dix centimètres en trois siècles et que nous avons mesurés à partir du tableau de Bellotto, renchérit Léa, toute fière de son savoir. Et M. Boldi dit que le phénomène a accéléré et que la ville a perdu vingt-six centimètres pendant le seul dernier siècle.

Livio, debout, les mains derrière le dos, tourne dans la pièce. Sa longue silhouette, la tête légèrement penchée par la concentration, lui donne l'aspect d'un procureur traquant son témoin. Marcher l'aide à réfléchir et il se sert de Léa pour tester son discours.

– Nous avons péché par orgueil en pensant réussir à tout maîtriser. Il y a des siècles, avec peu de connaissances, ce pouvait être excusable, mais aujourd'hui c'est imbécile.

Il accélère sa marche comme un coureur qui s'échauffe.

– Le pompage de la nappe phréatique pour exploiter du gaz et alimenter l'industrie en eau dans les années 50 a été une catastrophe. Le sous-sol s'est asséché et compacté de plus de dix centimètres. Mais l'erreur fatale que nous continuons à commettre est de dissocier Venise de sa lagune. C'est pour illustrer cela que nous avons mis cette photo en couverture.

Livio s'arrête, écarte les bras pour chercher l'inspiration. À contre-jour dans la lumière blanche de l'hiver, il ressemble à un Christ s'offrant en sacrifice.

– Tous les aménagements ont été faits à l'envers. On a remblayé pour construire des zones portuaires ou aéroportuaires, et asséché pour cultiver. Résultat la marée ne s'étale plus que sur une faible surface et augmente d'une amplitude de quinze centimètres environ. En cas d'acqua alta cela accentue la catastrophe. Le creusement de chenaux jusqu'à douze mètres de profondeur pour acheminer les cargos et les pétroliers à Marghera était une absurdité. Cela a provoqué une accélération du flot entrant et sortant. Chaque année maintenant, avec les marées, près de sept cent mille tonnes de sédiments s'évacuent en mer et seulement trente mille tonnes y arrivent par les fleuves. Nous avons perdu l'équilibre. La lagune s'approfondit, donc les vagues sont plus fortes, elles sapent le sous-sol. C'est un cercle vicieux.

Livio s'arrête à nouveau et son geste des bras devient une imploration.

– Rajoute les effets du réchauffement climatique que les experts revoient perpétuellement à la hausse. Il y a une dizaine d'années, ils parlaient d'une augmentation de cinquante centimètres en 2100, maintenant on en est à près du double. Tiens compte du passage incessant des grands navires qui provoque un effet de succion déchaussant les fondations. Dans cinquante ans la lagune sera devenue une baie et Venise aura coulé dedans !

Livio déclame la dernière phrase comme la conclusion d'une pièce dramatique. On pourrait entendre en arrière-fond le final de *Don Giovanni* de Mozart, lorsque le Commandeur scelle le destin de Don Juan condamné aux enfers.

Il s'assoit pesamment. Léa lui entoure les épaules, lui embrasse les cheveux et le serre comme une mère qui tempère le chagrin de son enfant. Un instant les rôles sont inversés. Malgré ses trente ans de moins, elle est l'adulte, la consolatrice. Elle en éprouve un instant de griserie et tente de l'apaiser :

– Attends, tout n'est pas joué. On peut sûrement encore agir. Quand le rapport sera publié, ça va faire bouger tout le monde, les gens, la mairie, le gouvernement. Il faut relayer le sujet dans la presse et sur les réseaux sociaux.

Elle dit tout ce qui lui passe par la tête. Dans l'instant, ce qui compte est de ramener le sourire sur le visage de son amant. Mais la menace qu'il a décrite s'incarne dans son esprit et lui procure un vrai malaise. Elle visualise tout à coup une Venise désertée, les eaux atteignant les étages, les merveilles irrémédiablement perdues. « Le pire n'est jamais sûr », aime à répéter son père avec son optimisme forcené. Mais « le pire n'est pas impossible », pense-t-elle à cet instant.

– Ma chérie, ce n'est pas si simple. Le naufrage de Venise, il y a belle lurette qu'on en parle. Mais c'est insidieux, l'eau monte millimètre par millimètre, on s'habitue, on bricole, une planche par-ci, une pompe par-là. Ce colmatage empêche de prendre la réalité à bras-le-corps. C'est du déni. La ville engloutie, pour beaucoup de gens, c'est pour plus tard... un jour... peut-être... En attendant chacun fait son petit business d'Airbnb qui rapporte quatre fois plus que de louer à des résidents. La manne touristique représente un milliard et demi par an, alors chaque jour qui passe c'est toujours cela de gagné. Quant aux autorités, l'alpha et l'oméga, pour elles, c'est le MOSE et sa technologie, et toujours cette façon de croire que l'on va éternellement plier la nature à nos désirs. Sauver Venise demande de repenser complètement son modèle économique de parc d'attraction, détourner les navires de croisière, redonner de l'extension à la lagune, limiter le tourisme de masse...

Livio s'affale à son bureau et soupèse le document d'un air las.

– Ce rapport c'est notre dernière chance. Tout y est noir sur blanc, les cartes, les scénarios, celui qui le lit ne pourra pas dire qu'il ne sait pas.

– Écoute, suggère Léa, tu sais que mon père est en charge du développement à la municipalité. Si tu veux je t'organise un rendez-vous, et après tu pourrais voir le maire...

– Cet abruti de Zongi ! Tu rêves !

– Mais tu peux au moins essayer. Sinon elle est pour qui ta belle étude ?

Livio se lève brusquement l'air renfrogné :

– La presse, les réseaux sociaux si tu veux, après on verra, tranche-t-il sèchement. Mais je n'ai aucune envie de rencontrer ces gens. Je crois qu'ils s'en fichent.

Ils se font face, pour la première fois, dressés l'un contre l'autre. Après des semaines d'harmonie, une ombre s'introduit dans leur relation et Venise en est la cause. Léa éprouve cette première fêlure avec une déception démesurée. Leur bel amour serait donc en train de virer à la médiocrité d'un couple qui se dispute, se perd, se retrouve et finalement sombre dans la routine ? En un instant elle revoit les petites ruses de ses parents, les évitements de Maria Alba, la fausse bonhomie de Guido. Elle rompt le face-à-face et, saisissant son téléphone, fait semblant de s'absorber dans sa messagerie.

Livio perçoit son trouble, l'enserre et l'embrasse dans le cou, à la racine des cheveux, comme il aime le faire après l'amour.

Il obtient, pour la première fois, qu'ils passent la nuit ensemble. Léa invente, au téléphone, une amie chez qui elle va travailler et rester dormir. Il l'emmène sceller la réconciliation sur la lagune. Il a hérité d'un bateau à moteur qui ressemble à un jouet avec ses flancs arrondis et son minuscule poste de pilotage. Ils s'y serrent dans le froid du soir et mettent le cap vers le nord et le calme des îles de Mazzorbo et Burano. À cette heure, les touristes sont déjà en ville devant leurs verres de spritz, seuls quelques vaporettos emmènent les retardataires. Livio, s'écartant des routes balisées, laisse glisser son bateau à fond plat entre les balises, puis coupe le moteur. La barque dérive doucement. Le soleil d'hiver a disparu et laisse un dégradé de rose, mauve et gris. Les étendues de limon se détachent à peine en un rouge mat sur l'eau moirée. La marée montante mousse sur leurs rives et, en tendant l'oreille, ils perçoivent le bruissement des millions de bulles d'air qui s'échappent des terres lorsque l'eau les recouvre. Des vols de canards passent en V vers une halte nocturne. Les poissons qui suivent le flot sautent alentour et se laissent retomber en plats sonores. Deux oiseaux se répondent dans un miaulement mélancolique. L'air sent la vase. Léa et Livio sont sortis de l'abri de la cabine et enlacés, sans parler, se laissent porter par cette paix. Leur dispute apparaît comme un caprice, une excitation inutile. Venise les a séparés un instant, la lagune les rapproche. Livio a refermé sa veste sur le buste de sa compagne pour la tenir au chaud. Elle sent sa respiration apaisée contre son dos. Ils s'attardent, l'un contre l'autre, laissant la nuit passer sur eux. Venise, Mestre et Marghera colorent le ciel de leurs halos et quelques bouées ou phares de voitures scintillent sporadiquement. Juste au-dessus de leurs têtes, la Voie lactée déroule son serpent.

Le froid finit par les chasser dans l'habitacle où ils font l'amour, en gloussant de son étroitesse qui entrave leurs mouvements.

Léa a gagné une double bataille. À force de supplications, Livio a accepté de rencontrer Guido et celui-ci donne son accord pour une présentation du rapport. L'un et l'autre y ont souscrit sans illusion, pour faire plaisir à la jeune fille qui, du coup, s'imagine en génie de la conciliation. Avec son amant, elle a réussi par épuisement, en le harcelant. Avec son père, elle a joué sur le sentiment de culpabilité qu'elle a maintes fois perçu. C'est vrai, il le sait, il s'est peu occupé de sa fille jusqu'à présent. Loin de lui le désamour, mais choyer, nourrir, laver, éduquer, veiller aux états d'âme d'une enfant était l'affaire de Maria Alba. Le temps a passé vite et, de petit animal à cajoler, Léa est devenue une adolescente dont les tendances rebelles l'attendrissent et l'agacent à la fois.

« Elle a du caractère. Ça l'aidera dans la vie », se répète-t-il quand il la trouve exaspérante.

Cette histoire de professeur génial avec sa clique d'universitaires qui veulent sauver la ville le bassine. Il s'est promis d'expédier le rendez-vous. Mais Léa ne pourra pas dire qu'il ne l'écoute pas et ses yeux si brillants, quand il a dit oui, l'ont ému.

– Merci papa chéri, a-t-elle murmuré en lui claquant un baiser sonore.

Depuis combien de temps ne l'a-t-elle pas appelé « papa chéri » ?

Il pleut depuis trois jours. Un flot tenace et ininterrompu, des gouttes lourdes qui tracent de petits cercles concentriques sur les canaux, font luire les pavés et grogner les habitants quand deux parapluies ne peuvent se croiser dans les venelles. Les cafetiers râlent devant les terrasses vides, les gondoliers râlent en attendant d'hypothétiques clients, les touristes râlent de devoir se payer le restaurant au lieu d'un sandwich assis sur des marches. Les moins fortunés continuent à déambuler, engoncés dans des capes et sur bottes en plastique multicolores, qui gouttent sur les parquets de musées qu'ils auraient évités un jour de beau temps. Guido déteste cette ambiance. Il a l'impression que la ville fait la gueule.

Son bureau, au dernier étage, flotte au milieu d'un nuage qui répand une lumière grise et triste. Il n'est donc pas de la meilleure humeur quand son assistante lui annonce l'arrivée du professeur Scherzi. D'un regard il vérifie que les piles de dossiers s'écroulent de part et d'autre du bureau et que des post-it les parsèment de petits yeux multicolores. Il a beaucoup de travail, cela se voit et il compte là-dessus pour écourter l'entretien. La caricature longiligne de l'enseignant qui pénètre dans le bureau ne lui rend pas le sourire.

Livio sait qu'il a peu de temps. Après les salutations d'usage, il attaque :

– Monsieur le conseiller, Venise est en train de disparaître sous nos yeux. Nous en portons une grande part de responsabilité et nous ne faisons sans doute pas tout ce qu'il faut pour l'éviter.

Cette entrée en matière sonne de manière désastreuse aux oreilles de Guido. Ce pédant va bientôt l'accuser personnellement. Mais si son genou commence à s'agiter nerveusement sous la table, il se contient en pensant à la promesse faite à sa fille et se force à un sourire qu'il veut bonhomme.

– Ah, professeur, je sais bien, tout n'est d'ailleurs pas de la faute des hommes, j'ai entendu parler d'un enfoncement naturel…

– À peine plus de un millimètre par an, le coupe Livio sèchement. Le pire vient de l'action humaine.

– Si vous voulez parler du pompage des aquifères, vous savez que c'est terminé depuis les années 70, concède Guido.

Le professeur ne peut se retenir de hausser les épaules.

– Bien entendu, mais je pense aussi au creusement des canaux vers Marghera, à l'assèchement des marais…

Tout en parlant, Livio sort le fameux rapport de sa sacoche. Il le connaît par cœur et l'ouvre sans hésiter à une double page qui figure la ville en coupe tous les cinquante ans depuis le XVIIIe siècle et en projection jusqu'en 2100. La ligne bleue figurant le niveau moyen des eaux est plus que parlante.

– Nous avons perdu plus de vingt-cinq centimètres les cent dernières années et peut-être perdrons-nous un mètre supplémentaire d'ici à la fin du siècle. La gestion de la lagune empire ce scénario. Entre 1900 et 1910 on dénombrait quatre épisodes d'acqua alta, entre 2001 et 2010 nous en avons vécu soixante-cinq. Leur nombre va être encore multiplié par cinq en 2100.

Il tente de garder un ton posé, mais sa voix monte dans l'aigu, trahissant son exaspération. Ce timbre n'a pas échappé à Guido dont l'habileté à la négociation repose pour beaucoup dans sa capacité à percevoir les signaux de faiblesse de ses interlocuteurs.

– Voyons professeur, je connais tout cela. Pour le moment, il ne s'agit que de quelques millimètres, Venise en a vu d'autres en plus de dix siècles. Combien ont prédit sa perte et elle est toujours là.

Dehors, le temps semble être à l'unisson de l'orage qui s'accumule dans la pièce. La pluie tambourine et par les fenêtres on ne voit plus l'autre côté du canal.

Livio reprend son interlocuteur rageusement :

– Ces quelques millimètres que vous semblez traiter par le mépris fragilisent terriblement la ville. L'eau de mer s'infiltre au-delà de la pierre d'Istrie, délite les murs et remonte par capillarité. Ce sont des pans entiers qui peuvent s'effondrer. Cette ville est bâtie sur un sol mouvant. La déstabilisation de certains édifices pourrait se propager comme une onde de choc d'un bâtiment à l'autre.

– Allons, pas d'affolement, rétorque Guido. Croyez bien que je me soucie comme vous de ce joyau de l'humanité, et toute la municipalité avec moi. Vous n'êtes pas sans savoir que nous investissons des centaines de millions d'euros annuellement pour restaurer la ville, consolider certaines fondations et renforcer les digues sur les lidos. L'achèvement du MOSE nous mettra définitivement à l'abri de l'acqua alta. La municipalité bataille dur pour que les promesses de financement soient honorées, et elles le seront. Votre rapport est sûrement très intéressant, mais, pardon, nous ne vous avons pas attendu.

– Je n'affole personne monsieur le conseiller, grince l'universitaire. Les chiffres, les faits, la science et la réalité, que nous le voulions ou non, auront toujours raison de nos opinions. Depuis un siècle, les interventions humaines ont été des catastrophes. Vous me parlez de quelques ponts restaurés ou de pieux changés, mais je ne vois aucune politique d'ampleur. Que faites-vous contre les grands navires de croisière dont les passages attaquent la pierre ? Votre projet de creuser un nouveau canal pour les faire arriver en ville par l'ouest est une déstabilisation de plus de la lagune, quant au MOSE... (Livio affiche un mauvais sourire) j'ai peur que le remède ne soit pire que le mal. Il va accroître les courants et le déficit en sédiment. Avant même qu'il soit en service, nos études pointent les risques d'envasement des portes, de fonctionnement défectueux des charnières. Des pièces sont déjà usées, paraît-il, et je vous passe le milliard d'euros envolé en corruption qui a valu la tête du précédent maire.

Quand on touche au MOSE, Guido devient mauvais. Au-delà du barrage, c'est son émerveillement de gosse que l'on met à mal. Il a un large geste du bras, comme s'il chassait une idée importune.

Livio comprend qu'il a perdu la partie, il ne convaincra jamais le conseiller aux affaires économiques. Au moins il aura la gloire de Cassandre, pense-t-il en réattaquant.

– Avec un niveau de l'Adriatique supérieur de cinquante centimètres, le MOSE devra fonctionner trois cent cinquante fois par an, assène-t-il. Qu'en sera-t-il quand nous atteindrons plus de un mètre ? C'est la mort de la lagune, qui ne sera plus oxygénée. Dois-je vous rappeler qu'elle est inscrite au patrimoine de l'humanité au même titre que la ville ? Le vrai problème est qu'après avoir misé sur un développement industriel inconséquent, nous misons sur un tourisme inconséquent. Nous investissons à court terme pour faire venir le plus de personnes possible, alors que la ville en crève déjà. C'est le contraire qu'il faut faire : limiter cet afflux inutile, écarter les grands navires, ralentir les vitesses de circulation, restaurer les zones humides, traiter les pollutions. Au lieu d'emplois de pacotille, miser sur un développement endogène de Venise, en faire une cité véritablement des arts et de la connaissance, un centre universitaire mondial pour étudier les effets de la montée des eaux…

– Stop !

Il semble à Guido qu'il a fait tous les efforts possibles, maintenant c'en est trop, il crie et, s'appuyant des deux poings sur la table, se dresse vers son interlocuteur. Ils se font face comme deux coqs de combat, les yeux dans les yeux.

– Arrêtez votre diatribe professeur. Le désastre que vous me présentez, ce sont aussi quarante mille emplois, qui ne sont pas de pacotille mais payent des loyers, les études des gosses et les retraites. Voilà la réalité que je connais. Je comprends que vous prêchiez pour votre université et vos recherches, mais moi je m'occupe de la vraie vie. D'ailleurs les citoyens nous ont élus pour cela et pas vous, monsieur Scherzi, conclut-il d'un ton narquois en allusion au petit score de la liste dans laquelle Livio était apparu.

Le professeur rompt le combat et détourne le regard. Il lui reste une dernière carte à abattre.

– Très bien, prenez-le sur ce ton. La commission de l'Unesco, qui vient dans quatre mois décider du renouvellement de l'agrément de la ville au patrimoine mondial, devrait nous entendre différemment. J'ai déjà demandé un rendez-vous. Nos universitaires, que vous semblez mépriser, sont de réputation internationale, ils ne cautionneront pas des discours lénifiants quand la réalité exige le contraire.

– En faisant cela, vous tirez contre votre ville, monsieur, gronde Guido avec emphase. Maintenant, je crois que nous nous sommes tout dit. Si vous voulez bien m'excuser, j'ai du travail.

Livio se lève brusquement, grommelle un au revoir et claque la porte.

Guido balaye le rapport de la table avec rage et se sert un whisky réparateur. Il va quand même falloir surveiller cet abruti !

Dans le vaporetto qui le ramène à la fac, la foule dégage une odeur de chien mouillé et de graisse frite. Livio sent une lourde tristesse lui peser sur les épaules.

Léa a à peine réfléchi. Sa participation à la manifestation contre les grands navires coule de source. Trois jours avant, l'un de ces cruise ships, handicapé par un brusque problème de propulsion, a embouti le quai des Zattere. Un petit bateau de tourisme, transportant une trentaine de personnes, n'a dû son salut qu'aux réflexes de son capitaine qui a réussi à larguer les amarres, évitant de se faire écraser contre le quai. L'accident a eu lieu à quelques mètres de l'église des Gesuati. Un peu plus de vent ou de courant dans le canal de la Giudecca, une heure moins matinale et la promenade aurait été bondée, l'incident se serait transformé en drame ; sans même envisager ce scénario le long du palais des Doges.

Il fait doux ce samedi, un parfum de fleurs rappelle la saison estivale et l'air de la mer poisse légèrement les visages. Est-ce le beau temps ou la réelle préoccupation des Vénitiens, mais les participants au défilé surgissent de partout. Léa et Livio ont décidé prudemment de ne pas s'afficher ensemble et la jeune femme a trouvé un accompagnateur en la personne de son condisciple Simon, celui qu'elle appelle son « Anglais favori ». Elle a découvert que ce dernier avait passé des vacances perché dans des arbres centenaires du Sussex pour en empêcher la coupe et qu'il maîtrise l'art de la désobéissance civile. Un activisme qui n'est pas étranger au fait que sa famille ait jugé préférable de l'éloigner à Venise.

Avant de s'ébranler, la foule se compte, s'extasie de son nombre, les sourires fleurissent : cinq mille… six mille ! Plus encore !

Léa découvre cette ambiance où tout le monde parle à tout le monde, ce sentiment d'appartenance, cette rassurante impression que l'on a raison, que l'on est fort, que l'on va gagner. Les organisateurs distribuent des drapeaux bariolés de slogans et des bannières rouges avec le célèbre lion de saint Marc, la patte posée sur la Bible, l'emblème de la ville. Tout cela claque dans la brise comme des oriflammes de carnaval.

Aux cris de « Non aux grands navires ! » ou « Venise, pas Veniseland », le cortège se forme en direction de la place Saint-Marc, celle où le peuple s'est toujours exprimé en acclamant les doges ou les jetant à bas. Le défilé rassemble des familles, leurs enfants sur les épaules, des têtes grises reprenant mollement les slogans, et des jeunes gens qui s'égosillent. Simon se taille un bon succès en initiant une sorte de chorégraphie qui consiste à sauter en l'air en cadence. Avec sa silhouette mince et sa tignasse rousse on dirait un lutin aiguillonnant ses troupes.

– Un bon truc pour les médias. Tu verras cela fera des couvertures nationales, professe-t-il.

Dans les ruelles, les cris de la manifestation s'amplifient en un écho qui roule sur les façades, fait émerger les têtes aux fenêtres et électrise les participants. C'est une foule surchauffée qui débouche au soleil de Saint-Marc, bousculant des badauds ébahis. La plupart des habitants de Venise ne fréquentent plus la célèbre place, s'en sentent même exclus au milieu des vacanciers et des magasins de luxe. La manifestation ralentit, les participants semblent un peu étourdis, comme s'ils violaient un interdit. Puis les slogans reprennent et leur audace tourne à la provocation. Après tout, ici c'est chez eux, ils sont le peuple de Venise. L'atmosphère se tend. Sur le côté de la basilique un groupe de policiers serre les rangs. Quelques touristes empêchés de déambuler grommellent, en réponse des « rentrez chez vous » fusent.

Soudain un cri : « En voilà un ! »

Un étrange silence s'abat sur la foule, les visages se tournent vers l'ouvert du Grand Canal où l'un de ces paquebots honnis s'avance : un iceberg d'acier de trois cents mètres de long, haut de quatorze étages, dépassant largement les bulbes des plus hautes églises, effaçant tout le reste du paysage. L'arrivée de ces navires suscite toujours un mélange de peur et de fascination. Selon le rite, ils sont pris en charge à l'extérieur du Lido par les remorqueurs. Ceux-ci les font pivoter à hauteur du palais des Doges et, quand tous les selfies ont été pris et repris, les évacuent par le canal de la Giudecca, vers l'appontement. Ce ballet a lieu cinq ou six fois par jour et son apparition n'est normalement pas étonnante. Les Vénitiens baissent le nez et les flâneurs sur le quai font à leur tour assaut de photos. Cette fois-ci, manifestants et touristes se figent, tétanisés, comme si le navire allait s'encastrer sous leurs yeux entre les deux colonnes bordant la place. Les remorqueurs semblent des jouets qui ne résisteraient pas longtemps à une rafale. Les passagers formant de petites taches bariolées à tous les étages prennent des airs d'inconscients du *Titanic*, valsant en plein naufrage. À ce moment surgissent une dizaine de zodiacs arborant la bannière rouge au lion d'or. Deux par deux, ils se positionnent sous la proue du navire, déployant entre eux d'immenses banderoles en anglais : « Non aux grands navires ! », « Vous n'êtes pas les bienvenus », « Vous tuez Venise ». Les pilotes des engins font preuve d'une rare dextérité pour frôler la coque. Le commandant, inquiet ou agacé, déclenche les hostilités par un grand coup de corne qui sonne comme pour l'arrivée de gladiateurs dans l'arène. Du paquebot fuse une bronca hostile et même des objets, fruits, vaisselle, ce qui tombe sous la main des croisiéristes furieux de voir gâché leur rendez-vous avec l'histoire. Sur la place, la foule, qui avait retenu son souffle, se déchaîne. Au milieu des cris, des bousculades éclatent. La police se décide à intervenir, ajoutant à la confusion, incapable de séparer les familles qui tentent de fuir en abandonnant les poussettes, les touristes qui s'égaillent n'importe où, des manifestants qui se regroupent autour du campanile en scandant : « Saint-Marc au peuple ! » La place ressemble à une fourmilière animée d'un mouvement brownien.

Léa a le sentiment de vivre un moment historique. La paisible déambulation l'a amusée, mais maintenant elle entre dans le dur, l'engagement, la révolte. Son orgueil lui souffle de tenir sa place, d'être digne de ses camarades qui risquent leur vie sur les zodiacs. Elle trépigne, toute à l'ivresse et l'inconscience du combat.

Assez vite, un millier de militants se regroupent au pied du campanile. L'air vibre des sirènes des garde-côtes et des renforts de police, et ces hurlements ajoutent à la tension. En quelques minutes la protestation joviale tend vers l'émeute. Les photographes se régalent. Les organisateurs avaient prévu de tenir meeting devant la basilique. La tournure des événements les laisse indécis, les porte-voix se taisent. Les badauds refluent sous les arcades, dégageant une forme de champ de bataille où ils ont abandonné dans la bousculade chaussures et sacs en plastique. À l'autre bout, des forces de l'ordre en supplément apparaissent, les casques luisent au soleil comme des carapaces de coléoptères. Les deux groupes se jaugent. À l'instant où les slogans fusent à nouveau, les premières grenades lacrymogènes éclatent. Léa, impressionnée, agrippe son drapeau au lion, comme si la bête pouvait la défendre, et cherche Simon des yeux. La violence est un univers qui lui est inconnu. Dans sa vie d'enfant choyée, elle a entendu quelques protestations polies, au plus des coups de gueule passagers de Guido, mais jamais connu la confrontation physique. Elle sent la sueur dégouliner le long de son dos et la honte la saisit quand elle imagine la trace sur son chemisier de soie rouge. Elle doit puer !

Sa réflexion ne se poursuit pas longtemps. Simon, qui retrouve ses réflexes de militant, a tiré de son sac à dos des foulards et des citrons déjà coupés et les distribue autour de lui. Il lui en lance :

– Tiens, pour les gaz, ça aide à respirer.

La place s'emplit de fumée à travers laquelle on voit s'avancer un escadron de noir vêtu. Parmi les manifestants, on tousse, on crie, sans directives. C'est toujours Simon qui prend l'initiative :

– Tous à terre ! Couchez-vous, résistance passive ! La place nous appartient, ils devront nous en évacuer par la force. Accrochez-vous les uns aux autres !

Il attrape le bras de Léa et d'autres personnes proches de lui et les force à s'accroupir. Rapidement l'instruction est reprise et les manifestants se laissent tomber comme sous des balles, visages contre terre pour se protéger des gaz. Devant cette tactique, la police cesse le tir et entreprend de dégager les corps sans ménagement. Quand deux types la saisissent, Léa se débat, entendant craquer son chemisier dans la bataille.

La photo fera la une de la plupart des quotidiens d'Italie : elle est rouge ; rouge est son vêtement déchiré qui laisse sortir un sein, rouge la bannière au lion de saint Marc qu'elle traîne sans la lâcher, rouge ses joues sous le feu de l'action. Ils sont noirs ; noirs, les deux robocops caparaçonnés, noirs leurs visages cachés sous les visières, noire la matraque que lève l'un d'eux.

Simon avait raison, la manifestation fait la une des journaux. Il ne faudra pas vingt-quatre heures pour que *La Repubblica*, quotidien national de gauche, lance le pavé dans la mare :

« La jeune femme que l'on voit arrêtée brutalement lors de la manifestation à Venise contre les dangers des grands navires est Léa Malegatti, la fille du conseiller municipal en charge du développement économique de la ville. »

Dans les jours qui suivent, Maria Alba ne quitte plus la balancelle. Elle refuse les sorties entre amies pour ne pas essuyer les réflexions narquoises à propos de la manifestation. Dans l'appartement, quand le père et la fille sont en présence, l'air est irrespirable. Après l'entretien avec Livio, Guido a pesté intérieurement contre ces professeurs qui mettent n'importe quoi dans la tête des étudiants. Il n'a pas voulu en tenir rigueur à sa fille. Après tout à cet âge on peut être idéaliste. Quand Léa a maladroitement essayé de plaider la cause du professeur, Guido l'a assurée qu'il allait étudier ce rapport, mais qu'il valait mieux qu'elle se concentre sur ses études plutôt que se disperser sur des sujets qu'elle ne connaissait pas. Une légère tension s'est instaurée. La bienséance a ensuite prévalu : on ne parle pas de ce qui fâche chez les Malegatti.

Mais quand les informations du soir ont diffusé la fameuse photo, même les voisins du dessous ont entendu le : « Léaaaaa ! Qu'est-ce que c'est que ce bordel !? »

La jeune fille, qui s'était faufilée dans sa chambre avant l'arrivée de son père, est encore sous le coup de l'émotion qu'elle a vécue. Elle prend immédiatement la mouche.

– Tu as vu comment on s'est fait gazer ? On ne peut plus manifester ! On n'est plus en démocratie ! Tout cela parce qu'on prend la défense de la ville et des gens qui ont failli se faire écraser par ces monstres de cruise ships.

Guido s'apprêtait à la sermonner comme une écervelée. En voyant sa fille traînée par terre, il a d'abord ressenti de la peur rétrospective, immédiatement suivie par un coup de colère contre cette petite idiote. Ces mots, ces phrases, cette véhémence le désarçonnent et l'inquiètent. Dans quoi Léa s'est-elle fait embrigader ? Ce fameux Scherzi a peut-être plus d'influence qu'il ne le pensait et, à l'âge qu'elle a, elle est influençable. Il tente de se maîtriser.

– Ma chérie, brandir des pancartes est une chose, se battre avec la police en est une autre. Tu te mets en danger, accessoirement tu rends la famille ridicule. Je veux que tu cesses. Et je ne voudrais pas que tu te laisses entraîner par des gens qui disent souvent n'importe quoi.

L'allusion à Scherzi est claire et rend Léa plus agressive encore.

– Ils savent très bien ce qu'ils disent, « les gens ». Mais tu ne veux rien voir. Ces bateaux pourrissent Venise, mais ils rapportent de l'argent et toi ça te suffit !

La tentative d'apaisement de Guido fait long feu. Il se lève brusquement et attrape sa fille par l'épaule.

– Pourrissent Venise ! Et comment crois-tu que se payent les travaux des canaux, des ponts, l'enlèvement des ordures, la réfection des monuments ? Il faut bien qu'il y en ait qui financent, et je ne suis pas sûr que ce soit les donneurs de bons conseils, ceux qui se prélassent à la fac pendant que les autres travaillent. En tout cas, je t'interdis de recommencer. Tu m'entends ?

Léa se dégage sur un : « Je fais ce que je veux ! »

Maria Alba qui a suivi la discussion depuis sa chambre entend deux claquements de porte : celle de la chambre de Léa et, en réponse, celle de l'entrée quand Guido sort se calmer.

Maria Alba a horreur des cris et de la discorde. Dans la famille Dandolo, on maîtrise ses émotions. Les conflits ne sont pas moindres, mais ils se règlent à pas feutrés et parfois en coups fourrés. Les désaccords ne s'expriment que par allusion ou sur un ton faussement humoristique. Les pleurs, les rires aux éclats ou les cris appartiennent au vulgaire. Voir sa fille et son mari se comporter comme des « charretiers » la heurte.

Les jours d'après, tous ses efforts ne tendent qu'à restaurer une unité de façade. Mais elle a beau commander des merveilles pour les repas selon le principe que « la bonne humeur de la famille réside dans les trésors de la cuisine », ou tenir conversation à elle toute seule sur n'importe quoi pour détendre l'atmosphère, rien n'y fait.

L'exemplaire de *La Repubblica* rageusement jeté sur la table du petit déjeuner le lendemain inaugure une semaine alternant reproches réciproques et mutisme.

De guerre lasse, Maria Alba compte sur le temps pour apaiser les choses. En attendant, elle fuit sur la terrasse. Faisant semblant d'être absorbée par ses lectures, elle se concentre sur l'odeur des bougainvilliers et les piaillements des oiseaux. Elle gratte machinalement la tache sur les coussins bleu clair. Elle venait de les faire refaire quand une amie a renversé une tasse de thé, les gâchant d'une énorme auréole brune. Elle en a ressenti une perte irréparable. Décidément les contrariétés s'accumulent, mais il faut continuer à vivre.

Concernant la dispute entre Léa et Guido, elle se sent mal à l'aise. Elle partage l'inquiétude et la réprobation de Guido. Léa a fait une folie. Et puis, Venise n'a jamais considéré l'argent comme une honte, au contraire. D'un autre côté, sa fille a raison. Ces grands navires défigurent la ville et attirent des gens sans intérêt. Instinctivement, il lui paraît normal que la Sérénissime soit réservée à une élite. Mettre ce trésor dans ces multiples mains est presque un sacrilège

Pourquoi les choses sont-elles si compliquées ? Où sont passés l'enfant émerveillée et l'homme qu'elle s'est ingéniée à transformer en gentleman ? Elle passe sur certaines des frasques de Guido, du côté de l'alcool et parfois des femmes. Elles lui ont été charitablement rapportées, sur le ton de : « Ma pauvre chérie, les hommes sont ainsi... » Elle le sait : les hommes sont ainsi. Elle entend que sa fille puisse avoir des emportements adolescents, du moment que tout cela ne passe pas les portes de l'appartement et ne se répande pas en scandale public. Mais qu'un débat de la sorte mette à mal sa famille et la donne en spectacle lui paraît à la fois inepte et détestable. Comment peut-on se fâcher ainsi pour des idées ?

Repoussant la balancelle d'un pied, elle imagine des stratégies réconciliatrices : partir tous les trois à Paris ou à New York en vacances, éloigner Léa dans une faculté romaine, ou peut-être la marier, mais cela elle n'y croit guère. Il serait surprenant qu'une famille convenable accepte pour bru une fille qui s'exhibe sein nu dans une manifestation.

Si au lieu de ratiociner, Maria Alba avait échangé avec Guido, elle aurait peut-être pu le dissuader de la folie qu'il est en train de mijoter, au dernier étage de la Ca' Farsetti.

La rébellion de sa fille a mortifié Guido. Le pire a été le regard égrillard du maire, qui lui a lancé en entrant en réunion de conseil municipal :

– Belle plante, ta fille, mais tu devrais la tenir un peu, sinon c'est moi qui vais avoir du mal à tenir la police !

Guido est inquiet. Dans quelle galère l'inconséquence de Léa va-t-elle le précipiter lui aussi ? Il doit savoir qui la manipule, anticiper, déjouer les prochains éclats. Sans rien connaître de leur relation, il rend Scherzi responsable et il aimerait aussi savoir ce qu'il mijote à propos de l'Unesco. Léa doit traîner dans des réunions où ces stratégies se discutent. À Venise, on sait depuis toujours que celui qui possède l'information possède le pouvoir. Et pour cela, il existe des officines spécialisées. La République a assuré sa grandeur grâce à l'espionnage, ce qu'il envisage n'est qu'un retour aux sources.

Le type en face de lui a l'air de sortir d'un mauvais roman, les doigts jaunis de nicotine après trop d'attentes dans des planques. Il hoche la tête d'un air d'approbation en prenant des notes dans un carnet à spirale démodé. Il ne relève surtout pas que, parmi les deux personnes à surveiller, Livio Scherzi et Léa Malegatti, figure la fille de l'homme qui lui parle. D'ailleurs il s'en fiche autant que des explications se rapportant à la sécurité de la ville qui semble en dépendre. Le travail est bien payé. Il se contente de conseiller par routine professionnelle :

– Comportez-vous normalement avec les personnes concernées. Tout changement d'attitude pourrait les alerter. Je me mets au travail et reviens vers vous sous quinze jours.

Ne pas changer d'attitude n'est pas difficile à Guido. Il ne s'adresse à Léa que pour les besoins de leur cohabitation, quant à Scherzi, il a disparu de son horizon.

Depuis la manifestation, Léa est devenue une star à la fac. Quelques bêcheurs comme Lorenzo Contarini, qui la snobe depuis le début, ont essayé de railler son sein à l'air. Mais s'être fait traîner à terre par la police lui donne un statut de révolutionnaire de haut vol, de quasi-martyre. De son côté, elle a été bluffée par l'attitude de Simon, dont elle n'imaginait pas ce genre de professionnalisme guerrier. Léa découvre avec délectation ses histoires de rassemblement surprise, d'enchaînement aux arbres, d'interruption d'assemblée générale d'actionnaires ou de blocage de train. Mots de passe, mails cryptés, opérations de diversion, elle pénètre ces arcanes comme une gamine excitée et Simon en rajoute pour s'attirer l'admiration de la belle Léa. Ensemble, ils décident de monter un comité de lutte étudiant.

Le rapport « Sauver Venise » leur donne tous les arguments pour convaincre. Par sentimentalisme, Léa insiste pour que le bar du Dorso, l'endroit discret où elle a pris la main de Livio pour la première fois, devienne leur quartier général. La salle sombre au mobilier en plastique façon années 70 n'est normalement pas du goût des étudiants, qui lui préfèrent des lieux plus branchés. Léa, Simon et une dizaine de conspirateurs s'y sentent en sécurité. En fin de journée, il n'y traîne que quelques vieux et des ouvriers qui sirotent un verre avant de rentrer. Personne ne remarque le type tout seul qui s'éternise devant sa bière. Livio ne participe pas à ces réunions étudiantes et, vers 18 heures, Léa file souvent le rejoindre, sans remarquer la filature.

Avoir goûté à la bagarre est monté à la tête de la jeune femme, lui donne de l'assurance et un sentiment de légitimité. Elle se met à contredire son amant, trouve bien conformiste l'idée de demander audience à la commission de l'Unesco.

– C'est du blabla. Tout le monde s'en fiche de ce que pense l'Unesco, argumente-t-elle. Tu as vu comment nous avons fait la une des médias avec la manif. Bloquer le Grand Canal ou la place Saint-Marc, s'enchaîner devant le palais des Doges. C'est cela qui fera bouger les gens.

– Tu rêves. Les touristes seront furieux et les commerçants aussi. Tu te mettras tout le monde à dos. Vous ne tiendrez pas longtemps cette petite guerre. La police aura vite fait de vous cueillir et peu de gens protesteront. Au contraire, si l'Unesco déclasse la ville, tu verras tous les Vénitiens s'enflammer contre la gestion de la municipalité. Aux prochaines élections, cette majorité sera balayée.

– Mais on ne va pas attendre les élections ! Et tu sais bien que Marghera et Mestre représentent les trois quarts des votants et qu'ils n'iront jamais contre les cruise ships.

Ils se chamaillent jusqu'à ce qu'il lui close la bouche d'un baiser et l'entraîne vers la couette colorée.

De l'autre côté de la rue, un homme fait semblant de s'intéresser à l'architecture et mitraille les silhouettes en ombre chinoise qui s'enlacent derrière la fenêtre.

Guido se ressert un whisky, le troisième. Il lui faut bien cela pour calmer sa colère. Il n'a pas osé imprimer le document pour qu'il ne tombe pas en de mauvaises mains, mais il le connaît déjà par cœur. Léa est devenue complètement timbrée sous l'influence de cet activiste d'Anglais. Mais surtout, elle se fait sauter par son crétin de professeur. La vulgarité de la phrase lui fait l'effet d'une piqûre de guêpe, qu'il fait passer d'une lampée. Ce genre d'expression ne l'aurait pas choqué pour parler d'une employée de la mairie. Elle le met en rage parce qu'elle s'applique à sa propre fille. Il entend déjà cette petite musique se répandre et voit fleurir les sourires entendus à son approche. Pêle-mêle, il en veut à Maria Alba d'avoir mal élevé Léa, il s'en veut de n'avoir rien vu venir et surtout il voue une haine sans borne à Scherzi qui lui a volé sa fille. Quand il était petit, un copain lui avait expliqué comment on faisait l'amour. Cela lui avait paru inconcevable que ses propres parents se livrent à ces cochonneries. Pendant plusieurs semaines, il les avait détestés. Le même sentiment l'anime à regarder les photos explicites.

Son exaspération étouffe dans le petit bureau, il dévale l'escalier et file chercher la vedette avec laquelle il emmène indifféremment quelques conquêtes temporaires ou Maria Alba le dimanche. Il met les gaz dans le Grand Canal en soulevant des gerbes d'eau et les invectives des gondoliers. L'air glacé de décembre l'étourdit. Il n'est que 16 heures, mais le ciel bas traîne déjà son coton au ras des flots. Il est vite enveloppé de grisaille, détectant les autres navires et les ducs-d'Albe au dernier moment. Instinctivement, il se dirige vers la passe principale du Lido comme s'il avait besoin de l'espace de la haute mer pour donner du champ à sa colère. En l'atteignant, il doit ralentir pour laisser passer une barge de construction du MOSE qui manœuvre. Cette vision détourne son irritation, qui retombe en partie. Est-ce ce barrage qu'il aime tant qui lui met du baume au cœur ? Le gros navire ramène l'une des portes, peut-être d'une révision ou d'un ajustage, et la grue embarquée commence à soulever la masse d'acier. L'énorme pièce pivote lentement, semblant ne rien peser, et s'enfonce dans l'eau sans provoquer aucun remous. Une escouade de plongeurs attend pour aller la fixer dans son logement en béton auprès de ses soixante-dix-sept consœurs. Tout est pensé, réglé, prévu, organisé. Sur la barge, les hommes en orange évoluent sans précipitation. Ni cris, ni apostrophes, ni gestes brusques, ils manient les trois cents tonnes avec une précision de chirurgiens. De cette parfaite maîtrise se dégage une impression d'invincibilité qui apaise Guido. Il a parcouru « Sauver Venise », vu les courbes menaçantes, les avis d'experts. Ce qu'il a sous les yeux est l'incontestable preuve de la puissance de la technique. Quoi qu'en disent ses détracteurs, le MOSE fonctionnera et ce ballet emporterait les doutes du plus agnostique. Quant aux fermetures répétées qui endommageraient la lagune, il suffira de trouver la parade, amener de l'eau d'ailleurs, draguer, inventer encore et encore. Venise a maîtrisé ses fleuves et ses îles, dompté une nature de marécages et de pestilences grâce à son génie et continuera à le faire. Le MOSE est prêt à quatre-vingt-treize pour cent, le but à portée de main, pas question de laisser des oiseaux de mauvais augure gâcher ces milliers d'heures de travail et d'intelligence.

Guido repense plus calmement au rapport de l'homme aux doigts jaunes, et soudain éclate d'un rire qui semble se dissoudre dans le brouillard.

La solution a un nom : détournement de mineure !

Il a les cartes en main, les photos des amants enlacés et Léa n'a pas dix-huit ans. Un bon avocat plaidera de plus la préméditation d'un opposant séduisant la fille du conseiller aux affaires économiques pour tenter d'obtenir des renseignements ou d'exercer des pressions. Un dossier en or. Scherzi au minimum chassé de la faculté, voire séjournant un moment en prison. La contrepartie de ce désastre s'appelle le silence du grand professeur, l'enterrement de « Sauver Venise ». Une onde de sérénité l'envahit. Il a bien fait de venir s'aérer, cela lui a stimulé les méninges. Pour un peu, il attribuerait cette pensée de génie au MOSE qui l'aurait inspirée. La superstition n'est jamais loin chez le paysan qui subsiste en lui.

Guido s'offre le plaisir de s'attarder à regarder la manipulation, fasciné. Le soleil perce soudain au ras de la brume et jette ses derniers feux, éclairant le chantier à contre-jour. La structure de métal peinte en jaune éclate comme un phare dans la grisaille, paraissant encore plus massive. Il éprouve un sentiment de sécurité, comparable sans doute à celui des habitants du Moyen Âge qui se calfeutraient derrière des murs de pierre et de lourds ventaux de chêne. Venise redeviendra inexpugnable, elle pourra prospérer, à nouveau à l'abri.

Sans attendre d'être revenu en ville, il appelle l'universitaire depuis le bateau.

– Monsieur Scherzi, c'est Guido Malegatti, je crois qu'il faut que nous nous parlions.

Léa s'est couchée sur le dos, dans l'herbe du parc delle Rimembranze, tout au bout de Venise à l'ouvert du Grand Canal. C'est habituellement un endroit de pique-nique en famille, mais aujourd'hui, avec le vent glacé qui tombe des Alpes, il est presque désert. Quand elle ouvre les yeux, elle ne voit que le ciel bleu pâle de l'hiver et un coin de frondaison de pin parasol. Elle voudrait être cette branche, ou la mouette qui trace dans l'espace ou la fourmi qui lui picote le mollet. Tout, n'importe quoi mais pas un être humain. Le pin, l'oiseau, la fourmi n'ont pas d'états d'âme. Ils vivent et puis ils meurent. Sans doute souffrent-ils physiquement, ils peuvent avoir froid, faim, mais pas de cette sorte de souffrance de chacune de ses cellules qui ne la lâche plus.

La fin de son amour ne lui laisse pas un grand vide mais, au contraire, un trop-plein de sentiments qui l'étouffent. Par moments une onde part de son plexus solaire, enfle dans tout son corps, le dilate. Elle se sent emprisonnée dans son enveloppe charnelle. Une nuit, elle s'est griffé les bras comme pour s'arracher la peau, laissant de longues balafres rougeâtres qu'heureusement l'hiver lui permet de dissimuler sous ses manches longues.

Léa n'a rien compris de la séparation avec Livio. Elle l'avait senti préoccupé durant quelque temps et avait mis cela sur le compte de l'échec de l'entrevue avec Guido. Elle avait tenté de l'encourager à poursuivre, de le distraire, mais il semblait imperméable à tous ses arguments. Croyant avoir plus de pouvoir sur lui, elle en avait été mortifiée, mais s'était résolue à la patience.

Un après-midi où elle était arrivée essoufflée comme d'habitude, impatiente de voir si son humeur avait changé, il l'avait embrassée sans entrain et avait lancé la phrase imparable des ruptures : « Il faut qu'on parle. »

– Léa, je ne t'aime plus, avait-il enchaîné en fixant la fenêtre. Je ne comprends pas moi-même. C'est injuste, je le sais, mais c'est comme cela. Il faut qu'on se sépare.

Léa avait été assommée par cette brutalité. Un tremblement lui était descendu de la nuque jusqu'au bas du dos, puis une contraction de son estomac comme si elle allait vomir. Elle avait tout essayé : les explications, la colère, les pleurs, le fameux « Tu as quelqu'un d'autre ? », elle se heurtait à un mur. Livio restait affalé dans son fauteuil, regardant tantôt la fenêtre, tantôt ses chaussures, et s'obstinait sur cette évaporation soudaine de ses sentiments. À certains moments, ils se taisaient tous les deux et l'air s'emplissait d'une tension pire que les cris de Léa.

Livio n'était pas fier de lui. Après l'entretien avec Malegatti, il avait pesé le pour et le contre. Il était inenvisageable de renoncer à présenter le rapport à l'Unesco. Mais il fallait qu'il sorte du jeu personnellement. Si d'autres que lui montaient au créneau, il pourrait plaider n'y être pour rien et s'être fait dépasser. Cela lui coûtait de quitter la flatteuse direction des opérations, mais ce n'était rien comparé à la perspective de la rupture. Cependant Guido ne lui avait pas vraiment laissé le choix, avait parlé de preuves irréfutables. Livio percevait que cet homme pouvait être implacable et le ton qu'il avait employé en évoquant sa fille ne laissait pas de doute sur sa détermination. Plus encore que le menacer d'une plainte, Malegatti lui avait certifié que ses relations au plus haut niveau de l'université auraient tôt fait de le faire renvoyer. Les scandales de cet acabit sont une tache irrémédiable pour un établissement.

Pendant ces jours où Léa le trouvait morose, il n'eut pas une seconde de paix. Quand il caressait ce corps ferme et doux, écoutait sa voix juvénile, son rire, il lui venait l'envie de pleurer. Il cherchait une échappatoire. Mais le matin même, en contemplant son visage dans le miroir, il avait compris qu'il ne pourrait pas supporter de détruire ce qu'il avait mis des années à construire. Pour rien au monde il ne sacrifierait sa carrière, ce milieu universitaire qui le faisait vivre, pas seulement financièrement. Sa place dans la vie, son destin était là, sous les voûtes de cette université qui l'avait fait rêver jeune homme, auprès de ses étudiants, dans les colloques, dans ces discussions enflammées entre collègues et, sans se l'avouer, dans la pointe de fierté de s'entendre appeler « professeur » Scherzi. Léa, un jour, partirait, il s'en doutait, c'était le cours naturel d'une relation comportant tant de différence d'âge. Que serait-il alors sans sa carrière ? Un type inexistant et aigri, dont les anciens collègues évoqueraient la chute en ricanant. Il aurait un mal immense à la quitter, à la longue il s'en remettrait. Elle était jeune, elle oublierait. Il avait décidé qu'une rupture brutale valait mieux pour eux deux que des atermoiements, surtout il ne voulait pas donner la véritable explication, Léa était capable de déclencher un scandale.

La jeune femme ignorait qu'elle n'avait aucune chance. Au bout de deux heures à se heurter à un mur, elle avait opté pour la fuite, ramassé son sac à dos d'étudiante, jeté les clefs de l'appartement par terre et claqué la porte.

Léa n'aurait jamais cru s'être autant attachée en quelques mois. Elle aussi avait toujours su que cette liaison avec un homme de trente ans son aîné ne pouvait durer, mais s'était abandonnée au temps présent, avait joué des charmes de sa jeunesse, goûté leur pouvoir. Il l'avait comblée physiquement et intellectuellement. Quand il plongeait ses yeux dans les siens au moment de jouir et captait son regard jusqu'au bout, elle en tremblait d'émotion. Elle avait adoré leurs discussions, son entrée dans ce mouvement intellectuel autour de Venise, son éveil à l'engagement personnel. Elle avait grandi.

Maintenant, elle ne mange plus, sèche les cours, fréquente à peine le bar du Dorso, s'enferme dans sa chambre, et, quand cette impression d'éclater devient irrépressible, part marcher en ville à toute allure, pour s'épuiser.

Maria Alba a perçu un chagrin d'amour, mais n'ose pas intervenir. Il est si difficile de parler de ces sujets. Elle tente des gestes d'affection qui tombent dans le vide. Guido, bien sûr, fait semblant de ne rien voir.

Ce matin, à l'instant où elle a ouvert les yeux, Léa avait tout oublié, une journée normale commençait. Mais la parenthèse n'a duré qu'une seconde. L'étouffement l'a saisie et jetée dans la rue à peine habillée. Elle a couru, au hasard, dans cette Venise matinale des clochards et des fêtards, et atterri dans le parc delle Rimembranze. Elle voudrait crier, cracher, vomir, mais se sent ridicule au milieu des promeneurs de chiens de la première heure. Elle rêve de disparaître dans le sol, d'en finir avec cette tension insupportable et envie, autour d'elle, les oiseaux, les arbres, les fourmis qui vont leurs vies sans soucis, sans émotions, sans choix et sans regrets.

Peu à peu, le vent du nord et la terre gelée condensent sa sueur en une humidité désagréable. Elle se force à rester là, allongée, comme si elle devait se mortifier, expier quelque chose. Elle divague comme une gamine frustrée, s'imagine en vierge austère à l'abri de ses hormones, se jure que plus jamais elle ne sera amoureuse, se sent idiote, blessée dans son orgueil. Toutes ses velléités d'indépendance sont abolies, elle ramperait pour un regard, pour une caresse. Elle se déteste, suffoque à nouveau sous le manque.

Puis elle s'invente une existence d'exception qui la rendrait unique et, peut-être, rendrait Livio fou de désir, une vie de brillante scientifique, d'artiste, de révolutionnaire, n'importe quoi, un ailleurs qui lui redonnerait de l'élan.

Elle se lève enfin, titubant, le corps raide de froid et revient lentement sur le quai. Le vent agite les eaux qui scintillent comme un verre brisé, et fait chuinter les cimes des arbres. De là où elle est, elle embrasse cette ville qui semble flotter entre le bleu pâle du ciel et celui plus jaunâtre de la mer. Elle prend le temps de contempler cette cité fragile dansant au bord du gouffre, toujours en résistance contre l'ennemi, les pestes, la mer, parfois contre ses propres factions. Elle oublie la ville triomphante dont Maria Alba lui a farci la tête, mais elle est touchée par cette vulnérabilité doublée d'une énergie singulière. Elle y trouve bizarrement une connivence avec ses propres blessures, sa propre fragilité.

Son père a raison, la Sérénissime a survécu et jusqu'à maintenant s'est réinventée, grâce à cet instinct de survie que l'on dit perdurer depuis les pionniers. Mais demain ? Tout passe, tout meurt, un amour, une cité... Un élan de tendresse la submerge. Devant les yeux, elle a Sa ville, Ses pierres, Ses souvenirs, Sa vie. Elle y a ouvert les yeux, fait ses premiers pas et ses premiers sourires. Comme ceux qui n'ont jamais été déracinés, elle n'avait pas mesuré combien un lieu peut habiter chaque cellule d'un corps, combien l'idée d'un arrachement ressemble à une petite mort.

Une brume s'est formée au ras de l'eau et le soleil qui darde au-dessus enflamme Venise comme un tableau de Turner. Les bâtiments ont l'air de s'estomper dans cette nuée, perdant leur consistance comme si on les gommait, comme s'ils n'étaient que songes. Magnifique et terrifiant spectacle.

Léa sent les larmes rouler sur ses joues. Elle vient d'être foudroyée par une certitude : bientôt, Venise va sombrer, disparaître comme elle le fait en ce moment dans le brouillard, mais ce sera pour toujours. En un instant, elle ressent dans sa chair les conséquences des courbes et des rapports qu'elle n'a cessé de feuilleter depuis quelques semaines. Un jour, elle se tiendra au même endroit, devant le vide. L'idée est d'autant plus insupportable que le scénario en est écrit à l'avance, que l'on sait pourquoi, comment et quoi faire et que, pourtant, personne ne fait rien, ou si peu. Une infinie tristesse la domine, elle pleure, plus fort encore que sur son amour perdu. C'est la solastalgie, la détresse devant ce qui disparaît, qui lui serre le cœur.

Mais elle a dix-sept ans et ses pleurs s'épuisent. Elle doit bouger et pas seulement pour se réchauffer. Et la voilà reprise par l'envie de vivre, de combattre, seule contre tous s'il le faut. Venise est encore là, tout n'est pas perdu. Léa se sent maintenant investie d'une mission. Elle va sauver Venise. Devenir l'égérie de cette ville lui apparaît, ce matin-là, comme son destin.

« Sauver Venise » est plus qu'un slogan, plus qu'un combat pour garder à flot des monuments et des habitants qui ne le méritent pas toujours. « Sauver Venise » est une philosophie, une façon de voir l'existence : l'affrontement de la vérité contre le déni, du partage contre l'accaparement, de la beauté contre la médiocrité. « Sauver Venise » mérite d'être l'œuvre d'une vie, la sienne. Léa, cette petite passante en manteau noir, immobile sur le quai, se donne rendez-vous avec l'histoire.

Elle se met en marche, remontant le long de la rive, les yeux fixés sur la ville comme pour conforter sa décision. Absorbée dans ses pensées, elle longe le kiosque à journaux, sans remarquer les titres concernant une maladie venue de Chine, dont les premiers cas explosent en Italie du Nord.

Venise est d'une beauté insolente. Ce printemps 2020 n'a jamais été aussi suave, l'air est doux sans discontinuer depuis mars, le ciel d'un bleu provocant. Sans ronronnement de moteurs, les merles et les martinets s'entendent de partout. Les réseaux sociaux se complaisent à évoquer la transparence des canaux et le retour des poissons ou même des dauphins. Les rares passants masqués ne manquent pas de se congratuler sur la paix retrouvée de la Sérénissime. Mais derrière les portes, règnent la peur de la maladie et de la mort, l'inquiétude de l'avenir, la sensation qu'un monde finit que, finalement, on regrette déjà. Les colères et les mesquineries s'exacerbent, dans certains foyers les coups pleuvent. C'est le temps de la pandémie.

Chez les Malegatti, la terrasse est devenue un enjeu, à qui l'accaparera, maintenant que c'est le seul endroit à l'air libre pour s'installer. Maria

Alba essaye d'y défendre sa balancelle, bien qu'avec un certain malaise, se sentant observée par son mari ou sa fille. Avant elle s'y installait pour se vernir les doigts de pieds ou simplement sommeiller, désormais elle se met en scène, un livre à la main ou prétendant s'adonner à la broderie. Guido arpente les lieux, le téléphone vissé à l'oreille. Léa, assise en tailleur contre le mur, s'abstrait sur internet, réfugiée des diatribes paternelles derrière ses écouteurs. Ils se voient sans se regarder, se frôlent sans se toucher. Le confinement, loin de les rapprocher, a entériné l'éclatement de la famille. Dans la vie d'avant, chacun faisait bon visage au moment des repas du soir. Les voilà maintenant quasi nus les uns devant les autres avec leurs tics, leurs manies, leurs obsessions qu'ils peinent à réfréner. Ce Covid-19 a scellé le désaccord entre le père et la fille. L'un ne pense qu'à revenir au plus vite aux affaires, à rattraper ce temps et cet argent qui se perdent sous ses yeux. L'autre voit la fin bien méritée d'un monde qui, de toute façon, courait vers l'abîme. Ils ont de brusques accrochages, s'accusant mutuellement d'être dans le déni ou l'irresponsabilité.

Léa, pour fuir ses états d'âme, replonge dans les études. Elle suit même le cours de Scherzi, maintenant que le télétravail lui permet de ne pas se retrouver face à lui. Malgré tout elle se force et le seul ton de sa voix lui met les larmes aux yeux. Elle renoue aussi avec Simon et sa bande. Pour les militants de la cause vénitienne, cet arrêt sur image est l'occasion rêvée, le temps du « grand tournant », du « monde d'après ». Quand la maladie aura cédé le pas, rien ne devra recommencer comme avant. Venise était devenue folle et nul ne savait comment en sortir, voilà que la solution leur est servie sur un plateau. Le rapport « Sauver Venise » esquissait des pistes. Les réseaux sociaux se mettent en ordre de bataille pour les explorer.

Léa participe à tous les groupes de travail : rompre avec le tourisme de masse en favorisant les séjours longs, en taxant les séjours courts ; construire un port à l'extérieur de la lagune pour accueillir un nombre choisi de navires ; créer un pôle international de recherche et développement sur le dérèglement climatique et les stratégies de sauvegarde ; permettre ainsi aux jeunes d'accéder à des emplois qualifiés ; sauver la lagune en restaurant les barènes, ces îlots inondables, en refermant les grands canaux, en dépolluant et réintroduisant de la biodiversité…

Le sujet qui divise s'appelle le MOSE. Presque terminé disent les uns, autant aller au bout et le faire fonctionner. Les autres clament à l'hérésie qui a déjà coûté six milliards et continuera à pomper cent millions par an pour son entretien. Il faut le démonter et rétrécir par des moyens plus doux la largeur des trois bouches d'entrée, surtout restaurer l'étendue et la fonctionnalité de la lagune. Léa aime l'idée du démantèlement qui ferait enrager son père.

Tous les jours, chacun à ses heures, les reclus s'octroient une sortie. Maria Alba a échoué à organiser une promenade familiale. Ni son mari ni sa fille, comme par hasard, ne sont disponibles en même temps.

Léa choisit la fin de matinée. D'ordinaire les rues grouillent à cette heure. Au début le calme lui procure une étrange émotion, comme une menace diffuse. Les humains disparus, à quoi sert une ville ? Ils sont pourtant là, tapis. Elle les entend par les fenêtres ouvertes, les aperçoit aux balcons, se fait parfois interpeller, hume une odeur de cuisine ou de confiture. Mais sur les pavés lisses de tant de pas, seuls ses talons résonnent. Passé cette pointe d'angoisse, elle s'y fait, puis s'en délecte. Elle qui a tant aimé arpenter Venise, elle s'aperçoit qu'elle l'a bien mal regardée, pas mieux qu'une touriste. À quelques dizaines de mètres de la maison, il y a un encorbellement qui lui avait échappé, des séneçons ou des armoises surgissant directement des murs, une porte au revêtement craquelé, patchwork de peintures multicolores, qui ne déparerait pas dans une exposition d'art moderne.

Dans l'espace qui s'est rétréci, le temps s'étire. Léa, dans un premier temps, s'installe sous le plus grand pin de la placette San Trovaso, où elle jouait déjà toute petite, s'abandonnant au farniente. Mais la police n'autorise que la déambulation. Au prix de quelques acrobaties entre le rio et un mur, elle trouve alors refuge contre la palissade du vieux chantier de fabrication de gondoles. Le pan incliné, avec ses barques échouées comme des baleines, l'attire. À l'annonce du confinement, les artisans les ont recouvertes à la va-vite de tissus, pour leur éviter de sécher et se fendre. Cela leur donne un air funéraire qui s'accorde avec le silence. Léa s'assoit le dos calé contre les portes en bois brûlantes de soleil, s'absorbe dans la contemplation des tréteaux couverts de taches et d'entailles, le bric-à-brac de cordages, bouées de sauvetage et fers de proue rouillés. Cet atelier a un goût d'éternel rassurant. Au cœur d'un quartier devenu touristique, il y a encore des gens pour pousser un rabot. Un merle s'égosille dans l'un de ces jardins cachés qui sont l'apanage de Venise. Il invite à l'insouciance, à la futilité, au lâcher-prise. Elle ferme les yeux, rêvasse à une vie de peu qui coulerait dans la lenteur de choses simples. Par moments, elle envie sa mère, sa placidité, son aptitude à se contenter de sa balancelle, à poursuivre son chemin sans s'émouvoir d'un monde qui change. Léa rouvre les yeux, l'eau du rio n'a jamais été aussi verte, presque fluorescente. Une cane et ses petits y pédalent, laissant un parfait sillage en V. L'instant de grâce passe. Le confinement a aussi un goût de retranchement, de renoncement, de petite mort, et elle n'en veut pas. Elle se relève, le dos en sueur, les joues en feu de trop de soleil. Elle doit bouger et se battre.

Guido a d'abord fulminé contre le confinement : on s'affolait pour quelques fonctionnaires du ministère de la Santé qui voulaient se donner de l'importance, sans une once de compréhension des conséquences économiques. Mais, comme tout le monde, l'explosion du nombre de morts l'a troublé. Puis il a bougonné que Venise, carrefour des peuples, bâtie sur un marigot insalubre, avait survécu à toutes les pestes, buboniques ou non, sans se claquemurer. Mais Zongi, le maire, lui a asséné que la vie, aujourd'hui, n'avait pas le même poids qu'au XVIe siècle et que le besoin de sécurité primait dans la tête des citoyens, par ailleurs électeurs.

Depuis, Guido, adjoint aux affaires économiques, se sait aux premières loges. Il lui revient d'amortir le choc dans une ville privée de quatre-vingts pour cent de ses revenus. Cette responsabilité l'excite et l'affole en même temps. Il s'est octroyé un pass d'urgence qui lui permet d'aller à la mairie, mais circuler dans la cité vide lui donne le cafard. Il a mal pour ces gens enfermés, privés non seulement de ressources, mais du plaisir profond qu'ont les Vénitiens à sortir, se parler, courir, danser. Il se souvient de l'angoisse qui couvait, quand il était enfant, d'une guerre nucléaire fomentée par l'ennemi soviétique. On parlait de bombes effroyables qui ne feraient que tuer les humains en laissant les infrastructures en place. En un sens, on y était !

Il préfère donc tourner en rond sur la terrasse, négociant au téléphone des subsides de la région de Vénétie et de l'État pour faire survivre commerces et entreprises, à commencer par les siennes. Il a dû se résoudre à demander l'assistance de Léa pour configurer son ordinateur en centre de téléconférence. Guido reste un homme du contact et du papier, un « boomer », lui a renvoyé sa fille en l'aidant de mauvaise grâce. Il regrette de ne plus pouvoir plonger dans les yeux de son interlocuteur, vérifier si ses mains tremblent, le « sentir » au sens propre du terme. Il ne peut se passer non plus des textes écrits, des griffonnages dans les marges et des surlignages.

L'amoncellement de documents fait partie de son décorum, donne à voir son utilité. Il parsème donc la terrasse de paperasses qu'il oublie le soir et retrouve gondolées d'humidité le lendemain.

Ce laisser-aller a des conséquences inattendues. Plusieurs fois, Léa entend son père évoquer l'île de Poveglia. Au début, toute à ses propres affaires, elle n'y prête guère attention. Mais ce nom ne laisse pas un Vénitien indifférent. Tout et son contraire ont tellement été dits sur cet îlot à un jet de pierre du Lido. Il suffit de longer en vaporetto l'enchevêtrement forestier qui ronge les grands bâtiments aux fenêtres béantes pour enflammer l'imagination. La légende parle de pestiférés entassés par dizaines de milliers, de morts si nombreux que leurs cendres donneraient une couleur sombre à la terre, puis d'un hôpital psychiatrique où un savant fou aurait perpétué des expériences atroces pour finir par perdre lui aussi la raison et se jeter du haut du campanile. Poveglia la sinistre, « l'île la plus hantée du monde », clament les sites internet avides de sensationnel et de paranormal. Plus prosaïquement, l'île au IXe siècle servit de refuge aux affidés d'un doge assassiné. Elle prospéra entre vigne et sel, abritant jusqu'à deux cents familles, et ses fortifications contribuèrent à défendre la lagune. Son déclin, après la guerre contre Chioggia au XIVe siècle, la fit transformer en zone de quarantaine pour marins et marchandises, et si quelques navires au XVIIIe furent suspectés de peste, il ne fut jamais question de hordes de malades. Quant à l'hôpital du début du XXe, il ne fut nullement psychiatrique, mais une plus banale maison de repos. Si Poveglia reste un sujet sensible à Venise, c'est moins pour ses chasseurs de fantômes que pour la tentative de vente par l'État italien, son propriétaire, en 2014. Face à un monsieur X prêt à aligner un demi-million d'euros pour la transformer en hôtel de luxe, un collectif citoyen « Poveglia pour tous », de plus de trois mille personnes, porta un projet de zone verte et de jardin collectif. La concession accordée à monsieur X fut finalement annulée par l'agence d'État chargée de la transaction et il se révéla que le mystérieux acquéreur n'était autre que le maire Zongi lui-même. Poveglia retourna à son abandon, mais dès lors symbolisa l'affrontement de deux visions du développement.

Un soir, Léa entend son père reparler d'un projet d'hôtel.

– Quand la Covid sera derrière nous, il faudra rattraper le retard, faire parler de Venise, plaide-t-il au téléphone auprès du gros Paolo Ventin. Une île pleine de fantômes, ça excite l'imagination. Il y a la place de faire au moins une centaine de chambres. En tant qu'adjoint au tourisme, tu peux m'aider à faire repartir l'adjudication. Zongi s'y est pris comme un manche, moi je te trouve tous les investisseurs que tu veux…

Feignant d'être absorbée par sa tablette, la jeune fille décale discrètement ses écouteurs et tend l'oreille pendant que son père gesticule. Le lendemain, profitant d'une absence de Guido parti à l'hôtel de ville, elle farfouille dans l'ordinateur paternel, dont elle connaît le mot de passe. Ensuite, elle explore les papiers qui traînent au salon jusqu'à tomber sur les griffonnages typiques de son père, sur le sujet qui l'intéresse.

L'île se divise en fait en deux îlots séparés par un étroit canal. Sur ce papier, la partie où s'élèvent encore les bâtiments est couverte de rectangles numérotés qu'elle interprète comme des constructions de chambres, dans l'autre partie de l'île, elle lit : « piscine », « tennis », « spa », « bar »… Sur d'autres documents encore figurent des budgets plusieurs fois raturés comme si, à chaque fois qu'il les reprenait, Guido forçait la mesure. Ailleurs des listes de contacts, des noms soulignés, des « OK », « non », « à voir »… indiquent que son père est déjà sur le sentier de la guerre.

Léa se taille son petit succès sur le groupe WhatsApp le soir même en informant ses camarades. La contre-offensive s'organise. La bagarre constitue un puissant remède contre le dépit amoureux. Elle se sent revivre, et l'issue du confinement arrive presque trop vite, la surprend entre télé-enseignement, siestes au vieux chantier et échanges avec les activistes.

Maria Alba préfère les sorties de fin de journée, quand la lumière se fait dorée. Elle aime cette sensation que la ville de pierre s'est gorgée de soleil et s'assoupit comme un animal. Avant la pandémie, cette heure-là lui était volée par une foule bruyante en quête de restaurants. Elle reconquiert les piscinas et les calles tortueuses autour de la basilique della Salute et des quais des Zattere. Elle aussi remarque la couleur des eaux, retrouve le froufroutement des pigeons, le craquement du rideau de fer de l'épicerie qui ferme. Ce sont les bruits de son enfance, elle s'en souvenait à peine. Sa Venise est redevenue nonchalante. D'ordinaire elle ne fait pas les courses et n'avait pas remarqué qu'il restait aussi peu de commerces alimentaires. Elles ont beau être closes, les boutiques de babioles touristiques l'agressent.

La ville sans les humains la trouble comme tout le monde et lui semble en déshérence. La foule cachait les tags, les briques descellées, les éraflures, la gale des murs. Elle remarque plus crûment les travaux perpétuellement inachevés, les échafaudages bancals d'où pendouillent des bâches sales, les étais, les croisillons de bois qui soutiennent portes et fenêtres comme de vieilles béquilles.

– Pauvre Venise, te voilà aussi décatie que moi, pense-t-elle avec amertume.

Le retour de la vie sauvage la choque. Elle sursaute à voir une famille de rats farfouiller au soleil, s'énerve des fientes d'oiseaux, se sent rebutée par le lierre trop vert qui dégouline sur le rose des façades, par les longs filaments d'algues qui envahissent le bas des murs et des quais. Elle voit la mort dans ce relâchement. Venise retourne au marécage et au sauvage. Qui lui porte une véritable attention ? Qui reprend ce combat permanent pour l'équilibre entre l'eau et la pierre qu'ont su mener des centaines de générations ? Qui s'intéresse à la Sérénissime pour autre chose que des balades en gondole ?

Maria Alba revoit sa fille brandir un drapeau « Non à Veniseland ! » et se dit qu'il y a du vrai là-dedans. Elle sourit toute seule en marchant : voilà qu'elle se révolte, elle aussi ?

La fin des restrictions ne donne lieu à aucune explosion de joie. Les habitants reprennent timidement possession des rues. Ils clignent des yeux comme des hiboux exposés à la lumière, échangent des banalités sur le retour à la normale. Mais chacun s'aperçoit bien que la normale n'est plus. Les canaux sont encore silencieux, les valisettes ne roulent pas sur les pavés, les vendeurs de chinoiseries ne s'embêtent pas à rouvrir leurs échoppes et peu de gondoles sont sorties des housses. Les rues sont peu peuplées. Léa a compté quinze personnes place Saint-Marc en pleine matinée. Les uns vont au travail, d'autres font des courses, promènent des enfants. Ce sont les Vénitiens. Si dans les conversations s'affiche le plaisir de ces instants de grâce, intérieurement beaucoup se languissent déjà de la foule bruyante qui doit faire rouvrir les hôtels, les pizzerias et les boutiques. La ville est comme en apesanteur et ses habitants n'ont jamais été aussi schizophrènes.

La famille Malegatti est plus centrifuge que jamais. Guido et Léa sont chacun en proie à une forme de radicalisation. Le père s'obstine à organiser un rattrapage économique, et plus si possible, comme quelqu'un qui viendrait d'échapper à la mort et à qui il vient un appétit renouvelé pour la vie. Il éprouve des picotements d'impatience quand il voit le Grand Canal si peu fréquenté et les commerçants moroses dans des échoppes qui lui paraissent soudain poussiéreuses. Il faut faire plus, plus vite, secouer celle qu'il appelle sa « belle endormie ». Sa mission consiste à ramener la prospérité, à tourner cette page et ne pas laisser Venise devenir une bigote nostalgique. La planète va recommencer à tourner vite, de plus en plus vite, il faut retrouver le tempo, celui des satisfactions immédiates, sans se payer de promesses. Qui sait d'où viendra le prochain coup dans ce monde déstabilisé ? Quelle crise boursière, quelles obscures matières premières, quels États ignorés, quelle fièvre du thermomètre, tremblement de terre, inondation, passage de comète, quel grain de sable dans la machinerie connectée et mondialisée va encore tout chambouler ? Son atavisme paysan lui souffle de se préparer à l'imprévisible, entasser maintenant, engranger pour se tenir prêt aux vents mauvais.

Léa partage avec son père l'idée que la Covid annonce l'ère des crises, mais en tire des conclusions exactement inverses. Le changement devient urgent. La pandémie n'est qu'un avant-goût de ce qui guette ce vieux monde devenu fou, un avertissement. De ce drame doit naître un coup d'arrêt. Autour d'eux, tout s'abîmait, tout se dissolvait, mourait à petit feu sans émouvoir grand monde. Venise ressemblait à ces espèces dont on tient le compte affligé de la disparition. Aujourd'hui, la ville redevenue vierge de son hystérie touristique trouve l'occasion unique de sortir de cette spirale infernale. Changer était impossible ? L'argent manquait ? Un organisme improbable de moins de dix millièmes de millimètres a prouvé en quelques jours que tout pouvait être bouleversé et que l'on savait où trouver des ressources. Il faut saisir la balle au bond et prendre la direction du « monde d'après ». Venise peut en être l'un des creusets emblématiques. Pour avoir été au paroxysme du mercantilisme, elle a la responsabilité d'inventer son contraire.

Maria Alba, elle, ressort du confinement avec vingt ans de plus sur les épaules. Elle regrette déjà la cité calme et le temps retrouvé de sa jeunesse. Elle a oublié les rats et les déjections, ne se souvient que de ce lent passage des jours qui s'harmonisait avec l'eau dormante des canaux. Venise avait recouvré cette dignité pondérée dont elle s'imagine que ce fut la raison de sa grandeur. L'agitation est un excès coupable. Maintenant qu'elle a goûté à nouveau à la Sérénissime, il lui déplaît de devoir encore se retrancher sur la terrasse. Quant à ce monde numérique, dans lequel ont fui sa fille et son mari, il lui reste étranger, lui vole sa famille. Ses tentatives pour faire revivre les « joies des trésors de la cuisine » ont fait long feu. Les « conf calls » semblaient plus urgentes que ses crabes frits et ses artichauts marinés. Elle les entend parler à leurs machines et ne les comprend plus. Elle croyait avoir insufflé à Léa le sens du temps et de la tradition, elle retrouve une impatiente, exaltée par le changement.

Pendant le confinement, elle a cherché à tisser un nouveau rapport avec sa fille, à jeter une passerelle entre femmes. Ce chagrin d'amour qu'elle avait deviné aurait pu être l'occasion d'une connivence. Un matin, rassemblant son courage, elle était entrée dans la chambre de Léa et s'était assise sur le lit sans mot dire. La jeune fille, penchée sur son bureau, lui tournait le dos :

– Qu'est-ce que tu veux maman ?

Maria Alba n'avait su que répondre. Elle voulait la prendre dans ses bras, elle voulait des confidences, des larmes sur son épaule, retrouver ce lien qui lui échappe et la laisse dans le désert. Le silence avait duré. Léa s'était retournée.

– Eh bien ?

Le ton était vaguement agacé, Maria Alba s'était sentie honteuse.

– Rien ma chérie, je passais voir si tout allait bien, ce confinement est si pesant…

– Tout va bien, ne t'inquiète pas, j'ai beaucoup de travail.

Elle avait battu en retraite, submergée par son inutilité.

De fait, Maria Alba aurait tort de s'inquiéter pour sa fille. Dans le huis clos du confinement, la mue a eu lieu. Léa y est entrée jeune étudiante, assez romantique pour coucher sa joue contre des pierres, elle en ressort en combattante. Elle se sent comme un papillon libéré de sa pupe.

Elle est retournée au vieux chantier, la porte du hangar est ouverte et de l'obscurité monte le va-et-vient solitaire d'une scie à main et l'odeur de bois coupé. Un homme a repris son travail, comme après une simple pause. Léa n'ose pas le déranger. Elle se sent bizarrement responsable de la tranquillité des lieux, de cet artisan penché sur sa pièce, de cette ville qui survit. Sait-il, cet homme, que les mètres carrés où il travaille sont peut-être déjà lorgnés par quelques promoteurs comme son père ? Elle se conforte dans l'idée que ce combat ne fait que commencer, et que la première étape s'appelle Poveglia.

Ils ont choisi un jour de brume pour passer inaperçus et cachent le zodiac dans l'étroit canal qui partage l'île en deux. Léa est passée cent fois devant les bâtiments aux fenêtres brisées, ceinturés d'échafaudages rouillés qui les empêchent à peine de s'éventrer. Considérée comme dangereuse, Poveglia est interdite mais il est de notoriété publique qu'il s'y tient des fêtes sauvages et que les amateurs de fantômes viennent y chercher le grand frisson. Léa, Simon et sa nouvelle compagne Cristina sautent sur la passerelle en bois décatie.

La visite du côté nord ne révèle que quelques sentiers qui se perdent dans des repousses de forêt dont les racines seraient supposées se nourrir de milliers de corps des malades enterrés. La friche paraît déserte, à part de somptueuses toiles d'araignées, gorgées de gouttelettes, balançant au gré du vent.

Sur l'îlot sud, des chemins s'enfoncent sous des voûtes d'arbres d'où pendent lianes et plantes épiphytes les obligeant à se courber comme des conspirateurs. Le jour gris peine à s'infiltrer. Le vent ne pénètre pas. La pesanteur palpable les rend muets. Impossible, dans ce magma végétal, d'imaginer que l'un des cœurs du tourisme mondial n'est qu'à quelques kilomètres.

Ils butent sur des gravats et de la ferraille, dont la densité croissante indique qu'ils se rapprochent des constructions. Des pans de murs apparaissent dans les broussailles. Depuis plus de cinquante ans, une nature obstinée a repris ses aises et bousculé l'œuvre des hommes. Les grosses tiges de lierre forment sur les maçonneries un réseau de veines poilues. Des branches enserrent les ouvertures, soulèvent les toits et les sols, arrachent les enduits, pulvérisent les briques. À l'intérieur, ce sont surtout les vandales qui ont fait œuvre, arrachant portes, poutres ou lavabos, gribouillant leurs tags, éventrant sans doute par jeu, là une fenêtre, ici une armoire, laissant des traînées de suie d'un feu nocturne. L'effondrement d'une partie de la toiture a achevé de parsemer le sol d'un fatras de tuiles, de bois, de verre et de métal rouillé. Il règne une odeur de cave. Çà et là, un vieux matelas, une baignoire à pattes de lion ou une rangée de lits en fer rappellent la fonction d'hôpital et, dans cette ambiance de fin du monde, il n'est pas difficile d'imaginer des pratiques médicales inavouables.

Les jeunes gens jouent deux bonnes heures aux explorateurs, s'interpellant pour indiquer leurs trouvailles : la cantine, la buanderie, une salle de repos, des chambres... Puis lassés, ils se retrouvent côté sud sur la pelouse d'herbes folles devant le bâtiment. L'atmosphère encore brumeuse absorbe les bruits et efface le Lido pourtant proche. Ils sont dans un écrin, un sanctuaire.

– À six kilomètres de l'un des endroits les plus touristiques au monde, lâche Simon, ton père a raison de remettre la vente de l'île sur le tapis. Ici c'est de l'or en barre !

Léa n'a pas besoin de cette confirmation. Elle connaît le flair de Guido pour les affaires. En déambulant dans les ruines, la justesse du projet lui a sauté aux yeux : un hôtel de luxe comme à San Clemente où l'ancien hôpital psychiatrique accueille maintenant une clientèle huppée. La jeune fille en grince des dents. D'un côté on entasse des gens aux faibles moyens pour une visite bâclée, de l'autre on crée un refuge spacieux, un lieu unique nimbé du frisson d'un inquiétant passé, qui offre le luxe de profiter de la ville et permettant de s'en extraire. Dans les deux cas, quand prend-on en compte les habitants, à part pour leur offrir des emplois de larbins ? Elle repense à l'artisan du chantier naval. C'est à lui que Venise appartient.

Les luttes se nourrissent de symboles et Poveglia en tient parfaitement le rôle. En contemplant les immenses bâtiments, Léa n'a pas vu les enduits pelés comme des croûtes de lépreux, les bois rongés de vermine, les escaliers sans rambardes, mais un autre monde possible.

– Quel endroit génial ! Tu imagines une gestion citoyenne ? Un lieu de promenade ouvert à tous, un centre de vacances pour enfants défavorisés.

– Une partie dédiée à la recherche sur l'environnement de la lagune.

– Une école de voile.

– Un accueil pour femmes battues.

– Un restaurant autogéré.

– Des cultures bio.

Les jambes ballantes contre le parapet, les yeux dans le flou, trois petits humains refont le monde. Pendant encore une bonne heure, ils esquissent des stratégies, évoquent des alliances et se voient déjà à la tête d'un mouvement faisant tache d'huile planétaire, à la « Greta Thunberg ». Un jour peut-être, on dira que tout est parti de Venise et de ces trois-là.

La brume s'assombrit et l'humidité commence à imprégner leurs vêtements. Entre la lueur du Lido et celle de Venise, Poveglia reste dans le noir. Un no man's land, un territoire de rêves, de libertés, un repaire de pirates aux portes du monde.

Léa formule ce sentiment qui les envahit :

– Et pourquoi on ne s'installerait pas là ?

Le 17 juillet, Léa a dix-huit ans. Maria Alba a tenu un décompte anxieux des jours, comme si quelque catastrophe pouvait éclater, qui la priverait de ce moment dont elle espère faire une étape de réconciliation de la famille. Elle caresse l'idée d'une grande fête. Depuis toujours, la ville a porté haut l'art de ces explosions de luxe, de ces surenchères qui médusaient ses hôtes couronnés. Il n'y avait jamais assez de perles, de soies, de lumières, de vins. L'Europe entière s'en était entichée, avait colporté la légende : Venise est une fête. Pour les Vénitiens, ces festivités participent de l'art de gouvernement. Éblouir est une stratégie de conquête, étaler futilement sa richesse suppose qu'il y a quelque part des coffres pleins. Alliances, trahisons, amours, espionnages fleurissent mieux sous les ors et les parfums. La vie des grandes familles est ponctuée de ces occasions où se négocient des affaires ou le mariage suivant. De quand date la dernière grande réception chez les Dandolo de Castello ? De son propre mariage, il y a plus de vingt ans ! Avec la pandémie, l'enfermement et la peur ont brisé quelque chose de la légèreté et de l'insouciance qui couraient le long des palais. Quel meilleur remède que de replonger dans ces moments de joyeuse démesure qui font briller les yeux et chavirer les corps ?

La balancelle crisse doucement sous la poussée de son pied. Maria Alba virevolte dans un grand salon. Elle valse, elle tourne, la tête penchée en arrière, elle rit. Depuis combien de temps n'a-t-elle pas ri ? Sa fille aussi est dans ce rêve, si belle, ses cheveux noirs, sa robe jaune pâle. La fête la subjugue, elle oublie ses colères, elle va se laisser courtiser. Guido également est heureux, fier de ses femmes, apaisé d'avoir pu leur procurer ce luxe. Il embrasse Léa.

– Pas la peine, maman, tu sais je m'en fiche de mon anniversaire, je n'ai pas envie d'en faire un plat.

Le songe se brise, la fête est finie avant d'avoir commencé. Les lumières s'éteignent, la balancelle couine toujours, berçant sa déconvenue.

En fait, Léa aussi a compté les jours qui la séparent de sa majorité, ou plutôt de la liberté. Cette maison et ses occupants lui sont de plus en plus indifférents, un père avec qui elle ne parle plus et une mère qu'elle juge inexistante. Depuis quelques semaines elle mijote avec Simon et un petit groupe le plan d'une installation sur Poveglia. Pour le reste, elle se sent absente. Elle évolue dans la maison, prend des repas, répond quand on lui parle avec ce ton agacé de quelqu'un que l'on dérange. Mais c'est pour elle un théâtre d'ombres. Même sa façon de se mouvoir dans l'appartement semble contrainte, les gestes sont moins amples, les yeux dans le vague.

Maria Alba ne se résout pas à laisser passer ce qu'elle considère comme une ultime occasion. Renonçant à de grandes festivités, elle a décidé d'un dîner à trois, comme une bouteille à la mer, et convoqué tout ce que la cuisine vénitienne compte de traditionnel. Son pari tient en ce que les saveurs de l'enfance ramèneront avec elles une douce nostalgie de l'harmonie familiale. À défaut d'une réception grandiose, elle imagine un attendrissement commun où l'on évoquerait les bons mots ou les grands moments de cette fillette devenue femme.

Comme elle sait le faire, elle soigne chaque détail de la soirée. La table est somptueuse. Au classicisme de la porcelaine fine, de l'argenterie et des verres Baccarat, répond la profusion colorée des mets. Elle a convoqué tous les antipasti, les tramezzini – ces petits sandwichs triangulaires – s'empilent comme pour un régiment, à la crème de morue, au poivron, aux olives. Dans des coupelles les petits crabes frits, les poulpes mijotés, les artichauts de Sant'Erasmo, la seiche dans son encre et surtout les sardines in saor aigres-douces, dont Léa raffole, après les avoir détestées étant petite. Ensuite elle a opté pour la soupe de riz et petits pois, traditionnel plat du pauvre, devenu à la mode. Puis après bien des hésitations, elle a prévu un risotto di gò, ce petit poisson rendu rare dans la lagune, à cause de la surpêche. Elle a couru tout Venise pour s'assurer les meilleurs fournisseurs et s'est mise en cuisine elle-même. Elle tourne ses sauces avec un soin superstitieux, comme si chaque grumeau était de mauvais augure.

Elle choisit une robe en soie vieux rose au drapé flou et chaleureux, seulement une paire de boucles d'oreilles fantaisie pour ne pas paraître trop habillée. Devant sa table impeccable, dans sa robe impeccable, Maria Alba est saisie d'un pressentiment. Guido vient d'envoyer un texto pour dire qu'il sera en retard. Léa n'a pas bougé de sa chambre et visiblement ne fera pas de frais de toilette.

Finalement, le repas répond à son attente. À force d'anecdotes et de sourires, ou est-ce les plats simples et délicieux, le valpolicella et le soave couleur paille, le père et la fille consentent à entrer dans le jeu. À défaut d'une paix, une trêve s'installe. Il règne de temps à autre un silence et chacun se concentre sur ce bonheur fugace de sentir dans la bouche exploser un bouquet d'épices et une saveur oubliée. Le soleil orangé du soir s'infiltre depuis la terrasse. Il répand une douce tiédeur, dore les petits pains et les sardines huilées et enflamme le vin dans les carafes. Personne ne peut résister à ce bien être qui alanguit les esprits.

Le dessert reste dans la tradition avec ses biscuits craquants, sablés, nougats et les incontournables zaeti qui portent bonheur, paraît-il. Le champagne est la seule entorse aux coutumes culinaires. Ils piochent dans les friandises, comme prévu se remémorent un bon mot, un Noël particulièrement réussi, un pique-nique à Sant'Erasmo fini sous la pluie, tout ce qui fait le ciment des familles heureuses.

Maria Alba s'absente un instant et revient, l'air excitée comme une adolescente. Ou est-ce d'avoir bu trop de vin ?

– Ma chérie, ton père et moi avons un cadeau spécial pour marquer ce grand jour.

Elle a employé des semaines à le choisir et insisté auprès de Guido qui trouvait que c'était une folie. Elle tend à Léa une longue boîte plate en ébène incrustée d'un fil d'argent.

– Eh bien, poursuit-elle en voulant son ton léger, c'était une tradition d'offrir ceci aux jeunes mariées pour leur porter bonheur... Évidemment, badine-t-elle, la majorité remplace le mariage. Mais qui sait, cela te portera peut-être bonheur pour rencontrer l'homme de ta vie.

Dans l'écrin, le bijou est somptueux. Huit rangs de minuscules perles d'argent soutiennent une aigue-marine de la taille d'une phalange. La finesse et la légèreté du collier donnent à la pierre un côté chtonien et brut. Sur la peau mate de Léa, il sera forcément ravissant. L'argent est légèrement dépoli, preuve qu'il s'agit d'une véritable antiquité. Combien a-t-il orné de cous d'épousées tremblantes ou insouciantes ? Combien de générations de femmes se le sont-elles transmis, jusqu'à devoir l'abandonner lors d'une faillite familiale ?

La jeune fille contemple la parure, perplexe. Elle sent les regards de ses parents peser sur ses épaules. Ils attendent qu'elle saute de joie. Elle s'interroge sur le message porté par un tel présent. L'envie de lui faire une joie exceptionnelle ? Une façon de la ramener à un statut de fille de famille ou, pire encore, d'acheter la paix ?

Elle bafouille :

– C'est trop… il ne fallait pas… c'est magnifique…

Guido avait au départ un peu renâclé devant un tel cadeau. Pour une fille si jeune ? À quelles occasions le mettra-t-elle, elle qui ne fait que traîner avec ses copains ? Lui aussi espérait un bal pour la majorité de sa fille. Cette proposition de dîner à trois le frustrait. Il se sent malheureux depuis des semaines. Cette brouille avec Léa est ridicule et il ne comprend pas quelle mouche la pique. De son côté il lui semble avoir rempli le contrat. Elle a été aimée, choyée, à l'abri de tout besoin. Il se souvient d'une gentille fillette, d'une adolescente un peu boudeuse, mais c'est l'âge. Qu'est-ce qui a mal tourné depuis qu'elle est à la faculté ? Pourquoi n'est-elle pas une jeune fille normale, occupée de vêtements, de petits amis, de sorties et de ses études bien sûr ? Pourquoi ces idées farfelues, cette véhémence ? Avec l'épisode de la manifestation, il était tombé des nues et avait pensé qu'elle manquait d'un peu d'autorité paternelle. Certaines de ses relations avaient une mauvaise influence, à commencer par ce satané Scherzi. En lui signifiant des limites, tout aurait dû rentrer dans l'ordre. Mais cela n'avait abouti qu'à rompre le contact et à ce qu'elle s'éloigne quelque part où il ne sait plus la toucher. Depuis des semaines, il balance entre l'inquiétude et l'agacement, avec parfois une pulsion de colère. Il se souvient de ses dix-huit ans à lui, quand il n'avait rien, quand tout restait à faire, juste pour exister. À cette époque, seul le travail comptait et on ne batifolait pas dans des manifestations. Léa n'a pas conscience de sa chance.

Ce collier d'une grande valeur représente un pas dans la direction de sa fille, une tentative pour retisser un lien. Elle va comprendre l'effort qu'il fait et en faire un en retour. Le dîner agréable lui a fait espérer que les choses pouvaient s'arranger.

Guido regarde le bijou qui scintille dans cette lumière du soir. Il revoit le visage et le cou ridé de sa mère pour qui un tel ornement n'était tout simplement pas imaginable, et pense tout haut :

– Et ça vaut une petite fortune ! Rien qu'avec cela te voilà dotée, ma chérie !

Les deux femmes se regardent gênées. Pour Maria Alba, arborer un tel collier vaut symbole et elle est fière de l'offrir à sa fille. Dans le subtil langage vénitien, il signifie votre appartenance à une grande famille. Lors d'une soirée, les participants, connaisseurs, en savent la valeur, mais il serait maladroit de l'évoquer.

Léa s'agace. Son intuition que tout cela est mercantile serait donc la bonne ?

– Une fortune, ma dot ! Mais papa, tu crois que j'ai envie de parader dans des salons avec ma dot au cou ?

Du coin de l'œil, elle voit sa mère grimacer et des larmes briller dans son regard. Maria Alba lui fait subitement pitié, une immense pitié. Elle tente de se reprendre :

– En fait, je suis très touchée. Mais je ne m'attendais pas...

Et pour détendre l'atmosphère, lance :

– Et puis avec mes jeans, ça va faire drôle...

Mais il est trop tard pour plaisanter. Guido est vexé, furieux, et l'infernal ping-pong qui dure entre eux depuis des mois reprend ses droits.

– Et si justement tu arrêtais de traîner en jean avec n'importe qui...

– Je fais ce que je veux, et je ne regarde pas avec qui « tu traînes », toi...

– Sois polie avec ton père, je te rappelle que je te fais vivre...

– Tu crois que l'argent fait tout...

Léa se lève brutalement et fonce dans sa chambre en claquant la porte. Guido file sur la terrasse où il se met à tourner comme un lion en cage. Maria Alba reste devant les sablés et pleure franchement. Dans sa boîte en ébène, le collier de la discorde scintille doucement.

Jusque tard dans la nuit, Léa se retourne dans son lit. Elle se repaît d'un dialogue imaginaire avec son père pour vider sa colère. Il a au moins raison sur une chose, elle dépend de lui financièrement et cela l'insupporte. La seule alternative serait d'arrêter ses études et de travailler. Et pour faire quoi ? Enfin, maintenant, il y a le collier... une petite fortune... Poveglia ? Elle et ses amis sont-ils prêts ?

Elle espère une voix qui sortirait des pierres comme par magie dans le silence, lui donnerait des réponses. Mais la ville est indifférente et les pierres se taisent.

Elle repense aux larmes contenues de Maria Alba. Une seconde, elle avait eu envie de la prendre dans ses bras et de la bercer comme on le fait avec les enfants, en leur mentant effrontément : « Ne t'inquiète pas, tout ira bien... » Ses parents, de vieux enfants déjà, sur qui elle devrait veiller ?

Léa se lève et s'accoude à sa fenêtre ouverte sur le rio del Malpaga. La chaleur de juillet suinte des murs et écrase la ville. Elle pèse sur les eaux du canal qui luit sous la lune comme une rue au revêtement d'argent. La faible lumière souligne les maçonneries rongées, une porte cochère rafistolée, des renfoncements qui ne mènent nulle part. À quelques dizaines de mètres, les façades donnant sur le Grand Canal sont soigneusement peintes et apprêtées, mais les arrière-cours révèlent la fragilité et la déchéance. Comme Maria Alba ! se prend-elle à penser. Et elle se sent plus d'amour pour la ville décrépie que pour sa mère. Si elle devait choisir, maintenant, ce serait Venise. Léa reste hypnotisée dans l'embrasure de la fenêtre.

Elle s'est juré de sauver Venise. Le temps est venu.

Elle prolonge un long moment cet état d'apesanteur. Puis, le plus doucement possible, récupère son sac à dos, y fourre des vêtements, son duvet, son ordinateur et quelques effets de toilette. Son cœur bat le gong dans le silence, quand elle referme la porte de sa chambre. Dans la salle à manger, sur la table défaite, la boîte d'ébène est restée ouverte. Elle hésite, puis glisse le collier dans sa poche. Le jour se lève. Il lui reste trois heures à tuer avant d'aller frapper à la porte de Simon, dans la cité universitaire, pour qu'il la conduise à Poveglia.

Maria Alba pousse lentement la porte de la pièce. Elle retarde l'instant de la trouver abandonnée. Elle n'a pas entendu sa fille partir, mais elle a vu la boîte d'ébène vide. Un moment elle a rêvé que Léa aurait emporté le collier dans sa chambre, se serait essayée à le porter devant sa glace. Mais la crispation qu'elle ressent au niveau du plexus solaire ne la trompe pas. Le pire est arrivé. Le lit est froid. La fenêtre est restée ouverte et, comme Léa dans la nuit, elle s'y accoude. Tout est venu de ces disputes avec Guido à propos de la ville, et finalement Venise lui a volé sa fille. Elle se reproche d'avoir initié une fascination qui a dévoré Léa au point qu'elle renie sa famille. Elle ne s'en voudrait pas plus de lui avoir présenté un infâme séducteur. Elle contemple le rio et, pour la première fois de sa vie, donnerait tout pour habiter une ville normale, un endroit où chaque pierre n'est pas un monument historique, où roulent des voitures, où fleurissent de vilaines usines et des supermarchés ; un endroit qui ne déchaînerait pas tant de passions.

Deux gondoles se croisent, les types s'interpellent, râlant que les affaires ne reprennent pas. Maria Alba les trouve risibles avec leurs canotiers et leurs biceps saillants sous le tricot à rayures.

– C'est pour des gens comme eux que j'ai perdu ma fille, pense-t-elle. Ma pauvre Venise, Léa a raison, tu es tombée bien bas.

Elle ferme rageusement la fenêtre. Repliée dans la balancelle, elle tente sans succès de joindre Léa au téléphone. L'absence la ronge, lui donne envie de vomir. Personne à qui se confier. Toutes ses amies accueilleront ses confidences avec des paroles lénifiantes et hypocrites.

Guido la trouve, toujours prostrée.

– Léa est partie !

– Partie où ?

– Partie, définitivement, elle a quitté la maison.

Il esquisse un geste d'agacement.

– Hum ! Je ne vois pas très bien où elle va aller. Ne t'inquiète pas, quand elle aura épuisé son argent de poche, elle reviendra. Un caprice de jeune fille, un peu de rébellion. Elle a du caractère, ajoute-t-il, faussement bonhomme.

Et je vois qu'elle n'a pas oublié sa dot, grince-t-il, en apercevant l'écrin vide.

Jamais Maria Alba ne s'est départie de son calme. C'est une politesse naturelle et tout excès est une vulgarité. Elle connaît son Guido et ses outrances, s'est fait fort de les ignorer. Mais le goût de fiel accumulé dans sa bouche depuis le matin déborde.

– Tais-toi !

La parole a jailli. Deux petits mots qu'elle n'a jamais osé prononcer à son adresse. Elle crache la suite :

– Tu te rends compte de ce que tu dis ? Tu la traites presque de voleuse ! Tu ne comprends pas qu'elle est partie. Elle ne reviendra pas. Nous avons perdu notre fille, notre unique enfant. C'est toi qui l'as poussée à partir et maintenant...

Elle est toujours roulée en boule sur la balancelle, repliée, couvant sa souffrance. Elle s'exprime d'un ton tranchant, froid, que Guido ne lui connaît pas. Cette colère blanche l'alerte et le touche. Il s'assied à ses côtés, lui entoure les épaules de son bras, l'attire vers lui. Il chuchote, la berce, s'excuse, la rassure. Au fond, il est plus affecté qu'il ne veut paraître du départ de Léa. Pour lui aussi la famille est un fondement sacro-saint. Mais il a d'autres priorités que les affaires domestiques. L'intendance doit suivre.

Il a tenté d'empêcher sa fille de se fourvoyer, au plus il a manqué de tact. Elle reviendra, il en est persuadé. Si besoin, il convoquera l'homme aux doigts jaunes pour s'assurer qu'elle ne fait pas de bêtises.

Maria Alba se laisse consoler. Mais mille fractures, mille renoncements se cristallisent ce soir en une béance qu'elle ne pourra plus refermer. Les jours passeront, la vie de tous les jours continuera, mais Guido a perdu une alliée.

Le réveil que Léa préfère est le « kek ki yak », le cri net et plein d'énergie que poussent les échasses blanches qui nichent dans la partie marécageuse de Poveglia. Ce chant lui donne envie de bondir et de chanter elle aussi. Alors ce matin, elle maudit Adolfo qui fait brailler du rap. Il a dû, en plus, consommer la moitié des batteries communautaires pour recharger son iPhone. Elle se couvre la tête avec son oreiller et tente de s'abstraire du bruit. En arrivant dans l'île, elle a rêvé de s'installer tout en haut du campanile, mais l'escalier intérieur délabré était trop dangereux. Première occupante, elle a finalement choisi une belle pièce à l'étage du lazaret, qui donne au sud-est vers le Lido. Elle y cueille les soleils du matin et les odeurs marines. En quelques semaines, elle l'a aménagée d'un matelas posé sur un grand tapis bariolé, d'une planche sur tréteaux devant les larges fenêtres où des feuilles en plastique ont remplacé les carreaux cassés, d'étagères bricolées et d'un coin « salle de bains », c'est-à-dire une table bancale avec une cuvette, un broc et un joli miroir ancien en partie désargenté. Elle adore cette pièce austère, sa tanière, son royaume.

En bas quelqu'un râle et le son baisse. Elle entend des bribes d'anglais et d'italien et surtout des rires. Fin septembre, il commence à faire frais et, avant de s'habiller, elle tire ses vêtements dans son duvet pour les préchauffer.

Tout est allé très vite, depuis le matin où elle a surgi chez Simon. Le garçon et Cristina, sa compagne, ont immédiatement décidé de déménager avec elle. À eux trois ils forment le noyau historique, le cœur battant de la commune libre de Poveglia. Dès qu'ils ont appelé sur les réseaux sociaux à l'occupation de l'île, des dizaines de jeunes et parfois moins jeunes ont convergé. Durant tout l'été, ils ont connu des hauts et des bas, parfois submergés par des fêtards attirés par la réputation du lieu, parfois par des paumés en quête d'un gîte, parfois par des black blocs prêts à une résistance militaire. Ils ont vécu d'innombrables assemblées générales, créé groupes de travail, commissions, produit chartes de conduite et même des embryons de constitution. Mais leur installation ne leur a pas fait oublier le projet initial, sauver Venise et la lagune.

Au sortir du confinement, la fringale de nature rend plus attractives encore les « universités d'été de Poveglia ». Dans la torpeur des après-midi estivaux, des grappes de petits bateaux s'immiscent dans le canal entre les deux îlots. Les arrivants, rosis par le soleil de la traversée, s'installent dans les clairières grossièrement aménagées. La brise de mer agite les branches et fait jouer le soleil sur les visages. L'air embaume l'herbe sèche. Entre les tirades des débatteurs, on n'entend que bourdonnements et pépiements. De groupes en commissions, on refait le monde dans une ambiance d'agora primitive. Les contributeurs du fameux rapport sur la refondation de Venise sont de la partie, Livio compris. Léa l'accueille avec une feinte indifférence. Elle n'est plus l'étudiante inculte et enamourée, c'est elle qui est à l'origine du mouvement et qui le porte. Elle note avec une pointe d'orgueil le regard admiratif qu'il lui jette.

Repenser Venise grâce à l'occasion offerte par la Covid. Mais comment ?

Tout est sur la table, brassé, ressassé, commenté, critiqué : moins de visiteurs, une autre économie à base d'activités tertiaires, universitaires, artistiques... Les idées ne manquent pas, mais doit-on réserver Venise aux riches ? Que faire des emplois actuels ? Et tout cela n'empêche pas la montée des eaux due au dérèglement climatique. La transition, surtout, s'annonce douloureuse. Nul ne transforme instantanément un gondolier en spécialiste du quattrocento. Les sujets les plus fédérateurs restent de chasser les grands navires et redonner une place aux habitants, de recréer les commerces de proximité et les services locaux. Dans le débat, Léa fait partie des impatients, de ceux qui voudraient légiférer, plus que convaincre.

Quant à la vie quotidienne, elle représente un vrai défi. Jusqu'à ce jour, Léa n'avait que peu manié le balai et encore moins la boîte à outils. Dans cette île en friche et ces bâtiments en ruine, il faut se retrousser les manches. Allumer une ampoule ou faire couler l'eau d'un robinet nécessite des trésors de bricolage, elle a laissé cela à plus spécialiste qu'elle. Elle s'est rabattue sur des travaux basiques : débarrasser des gravats, boucher des fenêtres, retaper des meubles, peindre. À chaque appel sur les réseaux sociaux, la solidarité s'organise, les bras et les matériaux affluent. Après l'aménagement d'une cuisine collective et d'une salle à manger dont Léa est fière, elle s'investit à l'extérieur, débroussaillant les chemins qui irriguent l'île et organisant les fameuses clairières de débats. À chaque fois qu'elle rassemble des tessons de bouteille, des carcasses de sommiers, des pots et des brocs, elle croit entendre les anciens occupants approuver la résurrection des lieux. Ici, il n'était pas question de palais, mais de lazarets, pas de gloire et de fortune, mais de maladie et de misère. Cela lui semble d'autant plus digne d'être réhabilité.

Les bruits au rez-de-chaussée s'intensifient, Léa se résout à se lever. Entre les mouches et les miettes, autour de la grande table en bois brut, des groupes se sont formés. Il est question de savoir comment collecter plus d'argent, comment mobiliser et, prosaïquement, comment se chauffer cet hiver, augmenter la surface du potager, aller à la pêche.

Avec la fac qui a repris et la fraîcheur qui s'installe, les occupants se sont réduits à un noyau d'une vingtaine de personnes. Léa grogne un bonjour et attrape la cafetière déjà froide. D'un regard elle parcourt les étagères de briques et de planches, les couvertures servant de portes, les traces verdâtres d'humidité, et tout lui semble soudain laid et vain. À quoi servent-ils dans ce campement inconfortable ? À quoi leurs palabres de l'été vont-ils aboutir ? Les étudiants ont repris le chemin des cours, les touristes reviennent, les boutiques rouvrent, les loueurs d'Airbnb retournent en chasse... le monde d'après ressemble furieusement au monde d'avant.

Elle traîne sa tasse dehors sous un soleil froid et contemple Venise, au loin, qui pousse ses flèches vers le ciel pâle. Il suffirait d'en oublier les revêtements qui tombent, de fermer les yeux au passage des cruise ships, d'arrêter de se tourmenter sur l'avenir. Il faudrait ne retenir que la ville érudite, objet de communications universitaires, la ville qu'il est si bon d'admirer sans arrière-pensées.

Le blues la saisit. Elle a la nostalgie du professeur Boldi, de ses calmes et savants commentaires de peintures, des hautes fenêtres et de leur lumière propice à l'étude, d'un emploi du temps sans surprise. Elle a la nostalgie de l'insouciance étudiante, d'un bain chaud, du silence de sa chambre, des repas fins du rio del Malpaga, de l'argent qu'il n'est pas besoin de compter. Elle a la nostalgie de cette vie sans contrainte, sans problème et sans combat.

Au même moment, ces pensées lui font honte comme une faiblesse coupable. Cette Venise hors du temps est une illusion, une fable que se racontent ceux qui ne veulent rien changer en l'exploitant jusqu'à la dernière pierre, comme son père. Elle se remémore sa première manifestation, sa colère quand le grand navire était apparu et ce sentiment d'urgence qui l'avait envahie. Ses vêtements déchirés d'usure, ses mains couvertes de cals, ses économies qui fondent sont de dérisoires misères, le prix à payer pour se regarder en face dans le vieux miroir de sa chambre. Il est de toute façon trop tard pour renoncer.

Toute à ses pensées, elle ne remarque qu'au dernier moment la petite vedette qui accoste et la grande silhouette au chignon soigné qui débarque maladroitement : sa mère !

Les deux femmes se font face. Maria Alba marque une seconde de recul devant le visage rougi de soleil, les cheveux hirsutes et la chemise trouée de sa fille, puis s'élance pour l'enlacer. Léa, surprise, se laisse étreindre puis se dégage.

– Maman, qu'est-ce que tu fais là ?

Le ton manque de chaleur et désarçonne sa mère.

– Mais je voulais te voir, ma chérie, tu me manques… tant.

Sa voix à elle transpire la sincérité. Elle a remâché cent fois cette idée de venir en cachette de Guido. Elle porte comme un deuil la disparition de Léa. Le blouson de cuir qui ne traîne plus dans le salon, le murmure des interminables conférences Skype en provenance de la chambre, sa manière de claquer la porte ou d'éclater de rire, chaque détail de l'absence la frappe comme un coup de poing. Elle ne s'habitue pas. Au contraire, il lui semble que la plaie s'envenime et ronge ses chairs mêmes. Un autre poison fait son œuvre : une défiance grandissante, devrait-elle dire un rejet, de Guido. Elle se sent perdue. Le repli dans la balancelle ne la calme plus. Elle en bondit au bout de quelques minutes comme aiguillonnée par une urgence et tourne en rond dans le salon. Venise, qui a toujours été sa boussole, ne lui est d'aucune aide. La beauté qu'elle a elle-même chantée, la sérénité des vieilles pierres, n'opèrent plus. Elle, qui s'enorgueillissait d'entendre le chant des générations dans un encorbellement, n'entend plus que des bruits. Venise ne lui parle plus, ne la rassure plus, ne lui donne plus cette conscience d'être inscrite dans une histoire millénaire. De la tristesse, Maria Alba a glissé à petits pas vers la révolte. Cela ne ressemble en rien à l'exaltation de sa fille, mais à un sentiment grandissant qu'elle est passée à côté de quelque chose. La douleur du départ précipité de Léa l'a décapée d'un quotidien qu'elle pensait immuable. En façade, la vie continue à couler au rio del Malpaga, Maria Alba tait son malaise, déteste toujours autant un conflit qu'elle n'imagine même pas avec Guido et n'a pas de mal à donner le change à un mari vibrionnant. Mais un jour, elle se décide à cette folie : renouer en cachette avec Léa et peut-être même la soutenir.

Elle se tient maintenant devant sa fille, impuissante à exprimer tout ce cheminement. Son regard erre de la jeune femme solidement campée au bâtiment délabré d'où fusent toujours des rires. Un instant elle envie cette joie de vivre, cet enthousiasme. Elle se lance :

– Écoute, j'ai beaucoup réfléchi. Maintenant je comprends ta colère. Tu n'as pas toujours eu tort…

Elle cherche ses mots et Léa n'a jamais vu cette mère si maîtresse d'elle-même se tordre ainsi les mains.

– Je veux t'aider… vous avez besoin de tout ici, reprend-elle en fixant le trou dans le pull de sa fille, qui laisse entrevoir la peau comme une étoile blanche.

Léa reste interdite et vaguement méfiante.

– Et papa en dit quoi de tout cela ?

– Il n'est pas au courant de ma présence ici.

La spontanéité de la réponse amène un sourire sur le visage de la jeune fille. Sa mère se rebelle ? Un instant elle l'imagine le chignon en bataille aux prises avec un carabinier. Mais l'occasion est bonne à prendre.

– Écoute, maman, tu pourrais m'aider. Ici, on a besoin de savoir comment ça évolue pour Poveglia, les projets de papa, ce qu'il trame. Si tu pouvais avoir des informations… Avec le code de son ordinateur…

– Je ne peux pas espionner ton père !

Maria Alba jette des regards affolés, comme si quelqu'un pouvait les entendre. Mais le marinier qui l'a amenée se terre dans sa cabine.

– Il ne s'agit pas de cela, dit Léa en faisant prudemment machine arrière, mais juste d'écouter ce qu'il dit, il adore se vanter de ses affaires. Pour nous c'est très important de savoir, pour nous organiser.

– Mais Léa, tu ne vas quand même pas passer ta vie ici ! L'hiver arrive, c'est insalubre !

D'un geste, elle embrasse les ruines, les installations bancales de planches et de bidons, l'herbe écrasée, jaunie, qui brille de rosée.

– Qu'est-ce que tu fais ici, Léa, qu'est-ce que tu veux ?

Sa fille a suivi son regard. Cette même désolation l'a fait vaciller ce matin, mais il n'y a pas d'alternative.

« Résister ! » Le mot lui vient spontanément aux lèvres.

– Il faut commencer quelque part. Venise c'est trop gros, trop compliqué. Ici on peut gagner, prouver qu'autre chose peut exister. Ensuite ça s'étendra. Les gens verront que ça marche.

Maria Alba a un geste d'impuissance autant pour le projet de sa fille que pour sa propre incapacité à la convaincre d'abandonner.

– Bon, comme tu veux, se résigne-t-elle. Je voudrais te virer de l'argent sur ton compte tous les mois. Tu ne dois plus avoir grand-chose (elle désigne le trou dans le pull-over), si tu résistes, au moins que ce soit correctement habillée. Je ne veux pas que tu vendes le collier. Promets-le-moi, un jour tu comprendras…

– Merci maman, mais c'est surtout d'informations que j'ai besoin.

Le silence s'installe. Les deux femmes sont toujours face à face, si proches, elles se touchent presque, pourraient se prendre dans les bras, pleurer, rire, oublier.

L'homme dans la vedette sort de la cabine et les hèle. L'instant de grâce est passé. Maria Alba pose un rapide baiser sur la joue de Léa et rejoint le bateau.

Ce matin, Guido frémit d'excitation. Les regards du monde entier doivent être tournés vers Venise, s'il en juge par le nombre de correspondants de presse venus malgré la pandémie, qui a repris à bas bruit. Il pleut des cordes et une odeur rance se répand dans le vaporetto qui a été affrété pour l'occasion. Zongi en tête, le conseil municipal s'aligne au grand complet. Comme des acteurs avant d'entrer en scène, ils plaisantent nerveusement et tentent de donner le change par des clins d'œil complices. Dans la boucaille, le Lido se dévoile à la dernière minute grâce aux phares des voitures. Le clapot augmente en approchant de la bouche principale et des embruns rageurs trempent un peu plus les passagers. Ils n'en ont cure, c'est le grand jour : Le MOSE va sauver Venise pour la première fois.

L'essai grandeur nature au mois de juillet dernier a donné des sueurs froides à tous ses partisans. L'ensablement de dernière minute avait obligé à retarder l'opération de plusieurs jours alors que le président du Conseil lui-même devait y assister. Zongi avait massacré l'ingénieur Dalamati. Éructant et bafouillant de colère, il avait exigé que l'on fasse travailler tout le monde vingt-quatre heures sur vingt-quatre s'il le fallait. Moyennant quoi, le barrage avait finalement fonctionné. À l'heure dite, pressés dans la salle de commande, ils avaient assisté au relèvement des portes à la fois sur l'écran de contrôle et par la baie vitrée donnant sur la passe.

Quand Zongi avait clamé sobrement « Et voilà ! », un tonnerre d'applaudissements avait succédé. Chacun tombait dans les bras de ses voisins comme on le voyait faire à la NASA dans les grandes occasions. Un projet de près de cinquante ans, dix-sept ans de travaux, six milliards d'euros (trois fois la prévision), de multiples avanies techniques, un scandale financier à un milliard qui avait envoyé l'ancien maire au tribunal… et là ces énormes caissons sortant sans bruit des eaux, ruisselant dans la lumière d'été !

Guido était plus que satisfait, il s'était senti ému, emporté par une vague d'optimisme. Depuis le temps que ce projet le fascinait, c'était un peu son bébé qui venait au monde. Venise souffrait encore de la pandémie, le tourisme était exsangue, mais voilà qu'au fond de ce trou, l'espoir revenait. Ce dossier enfin terminé, rien n'allait entraver le redressement, l'expansion. Même le navire de protestataires qui tournait devant avec force banderoles n'avait pas réussi à gâcher la fête. Évidemment, il avait repéré la jeune femme aux longs cheveux noirs qui s'agitait, mais la rupture avec Léa était consommée depuis des mois.

Au cours de cet essai du mois de juillet, les mauvaises langues avaient glosé : évidemment par temps calme il était normal que tout se passe bien, mais on allait voir ce que l'on allait voir quand mère Nature serait vraiment en colère.

Ce jour est arrivé. La configuration est classique. Une dépression sur l'Adriatique envoie un flux de vent de sud et de la pluie. Au plus fort de la tempête, la marée haute avoisinera un mètre trente-cinq, de quoi noyer une fois de plus la place Saint-Marc et de nombreux rez-de-chaussée. Guido a le trac d'un débutant, les poings en sueur au fond des poches et de l'acidité dans le gosier, comme ne lui a jamais occasionné aucune de ses aventures immobilières.

Il a participé à la bataille auprès de l'Unesco pour contrer le foutu rapport « Sauver Venise » qui a quand même refait surface. Le MOSE a été une carte déterminante pour prouver que les autorités agissaient vraiment. C'est à ce prix qu'ils avaient arraché la prolongation du statut de patrimoine de l'humanité, mais la situation était sous surveillance. Un raté anéantirait leurs efforts, le gros Paolo l'avait bien martelé.

– La municipalité ne peut se permettre d'être celle qui perdra le label.

Abandonnant la troupe qui s'entasse dans le PC opérationnel, Guido a obtenu de Dalamati de vivre ce premier vrai usage du MOSE au cœur même de la galerie où sont encastrées les portes. Dans le corridor de béton brut, sous la lumière lugubre des néons, le grondement des vagues résonne puissamment, une succession de halètements, claquements, suivis d'un long chuintement, comme un ressac brisant sur une plage de galets. Il se sent subitement vulnérable, s'angoisse qu'une fissure soudaine ne précipite des tonnes d'eau dans le passage et se surprend à synchroniser sa respiration au rythme de la mer. Il est dans le ventre de la bête.

À l'heure H, il ne se passe rien. Il en tremble, déploie tous ses sens, en attente. Puis le borborygme de l'air comprimé commence à monter dans les tuyaux, le son devient de plus en plus aigu, à la limite du supportable. Cet air doit expulser l'eau des caissons des portes pour qu'elles puissent se redresser. Les canalisations vibrent sous l'effort. Couinements, grincements, raclements, dehors, l'affrontement bat son plein entre les tonnes d'acier et les tonnes d'eau. Il serre les poings et perçoit qu'irrésistiblement la machine est en train de gagner. Les bruits se propagent le long du corridor, indiquant que les portes se relèvent une à une. Guido debout, adossé à la paroi, les yeux clos, savoure cette victoire, comme si elle lui était due. Elle l'envahit, plus forte encore que son élection à la mairie, plus intime. Il n'a jamais douté. Des hommes ont construit Venise, d'autres la sauvent aujourd'hui. Tout est en ordre.

Il finit par remonter dans le PC où champagne et spritz coulent à flots. Par la baie vitrée, il voit la barrière jaune fermement dressée contre les eaux gris sombre. Les vagues s'abattent sur les caissons imperturbables. Du côté de la lagune, l'eau est plus calme et le niveau paraît déjà inférieur. Guido n'a pas besoin d'alcool pour se sentir gagné par l'ivresse.

Une heure plus tard ils accostent place Saint-Marc. Les passerelles mobiles que l'on déploie pour permettre la circulation des piétons en cas de crue paraissent ridicules, perchées au-dessus d'un dallage sec où chacun vaque à ses affaires. Il lui semble entendre chaque pierre murmurer merci.

Léa se penche, empoigne le filet et tire avec toute la violence dont elle est capable. Elle s'arc-boute de ses bras douloureux, du dos, des abdominaux, des cuisses, des pieds qui cherchent à s'arrimer au pont pour ne pas céder. L'engin résiste, s'ancre dans la vase, la nargue. D'un coup de reins elle extirpe quelques centimètres, les premiers sont toujours les plus difficiles. L'eau se trouble de particules mises en suspension par l'arrachement du pieu. Quand il cède enfin, Léa est brusquement rejetée en arrière et se rétablit in extremis. Tout son corps brûle de fatigue, pourtant il reste une dizaine de piquets à sortir avant de récupérer à bord le filet qu'elle y a accroché. Elle se maudit d'avoir décidé de partir seule, ce matin. Il faisait encore nuit noire quand elle a toqué à la porte de Simon et Cristina.

– Tu ne veux pas attendre une heure ou deux ? a grogné une voix ensommeillée.

Non, elle ne veut pas attendre et parfois le collectif lui pèse. Les restrictions du nouveau confinement lui donnent une raison de s'échapper.

– Pas possible, il faut être au-delà du canal de Burano avant qu'il ne fasse trop jour, pour ne pas se faire arrêter. On n'a pas d'autorisation de circuler, vous savez bien. Alors j'y vais seule, juste jeter un œil pour voir si le filet est plein.

Dehors il fait encore frais, les herbes se courbent sous l'humidité. Le trafic est réduit et les ronronnements de moteurs s'entendent à peine. La brume fume sur la lagune et entoure Venise d'un voile que le soleil commence à peine à colorer en rose. La ville et l'eau s'harmonisent parfaitement dans le mystère. Pour ne pas le troubler, Léa décide d'utiliser le voilier traditionnel qu'ils ont récupéré. Elle quitte l'appontement avec la longue rame manœuvrée de l'arrière, puis établit la voile trapézoïdale et le petit foc. Elle travaille lentement, veillant à poser des gestes précis. La toile bariolée claque à peine dans le souffle du matin. Elle s'installe à la barre et laisse défiler les trépieds des bricoles dans le silence. Ce matin elle se sent la reine du monde.

Pêcher est devenu sa marotte. À la fin de l'été, se sentant à l'étroit sur l'île, elle s'est amusée à accompagner l'un des derniers vieux de la Giudecca qui pratique encore son activité traditionnelle. Avec le cœur qu'elle a mis à l'ouvrage, le type l'a prise en amitié. Elle lui a gentiment tiré les vers du nez quant aux marées et courants pour disposer au mieux les apparaux de pêche, notant tout le soir dans un carnet. Avec l'argent de Maria Alba, elle a racheté une barque à fond plat et du matériel. Mais il y a loin des griffonnages du cahier aux réalités de la lagune. Enfoncer les pieux dans la vase, y tendre le long filet qui guide les poissons vers la nasse tubulaire est exténuant. Les mille petits rus ont leurs secrets, le poisson se cache, la nature se refuse ou tout simplement elle la comprend mal. La pêche n'est pas miraculeuse, mais quelques mulets, une poignée de crevettes et parfois une dorade la mettent en joie. Elle s'est prise à aimer cette traque. Sous les eaux turbides, la vie se dissimule et ce ne sont pas des semaines ou des mois, mais des années d'observation qu'il faudrait pour se mettre dans la tête d'un poisson, flairer les courants, les proies, les cachettes comme lui. Quand elle surprend un héron ou une aigrette à plonger sans hésitation dans l'eau trouble pour ressortir une prise dans le bec, elle se sent stupide comparée à l'animal. Quels signes secrets interprète-t-il mieux qu'elle ? Quel sens, quelles perceptions lui manquent-il, à elle ?

Depuis son installation dans l'île, Léa se prend aussi à goûter à l'effort physique. Pas celui artificiel d'une salle de sport, mais celui procuré par une activité concrète, qui relève de la « vraie vie ». Au-delà de la douleur, elle éprouve une forme de jubilation à sentir ses muscles sous sa peau et la sueur lui ruisseler entre les seins. Le sentiment d'une existence immédiate, puissante, d'être un corps porté par un flux vital la submerge. Lorsqu'ils sont plusieurs, elle aime la complicité des ahans collectifs, quand il n'est même pas besoin d'échanger un regard pour agir de concert. Lorsqu'elle est seule, elle se mesure à elle-même, se pousse à bout, se défie parfois à en vomir d'épuisement, comme si elle devait expier quelque nonchalance passée.

Elle, qui a été élevée dans le raffinement de la juste chose à sa juste place, se délecte du brouillon bouillonnant de la nature, des herbes folles, des enchevêtrements de bois morts, des lacis de vase et d'eau changeant d'un jour à l'autre.

La pêche lui apprend la lagune. La citadine, l'amoureuse de la pierre éternelle se met à se passionner pour tout ce qui évolue, naît, vit, s'imbrique, disparaît, renaît sans raison et sans ordre.

À la voile, il lui faut plus de deux heures pour atteindre les îles de Torcello et de Burano.

Au-delà s'étendent des paluds de terres et d'eaux mêlées parcourues par les ghebi, ces minuscules canaux qui irriguent le marais comme un système sanguin. Tout y est fluctuant. Selon l'heure, le jour, la lune, les niveaux y sont mouvants. Abandonnant la voile, elle progresse avec sa longue rame, s'échoue, fait demi-tour, saute à l'eau pour remettre le bateau à flot.

L'air a brusquement chauffé et une lumière blanchie écrase la perspective. Les îles prennent une teinte grisâtre et se fondent dans le paysage. Seuls quelques dômes embrumés marquent encore Venise au loin.

Quand elle essaye de lever le plus gros des filets, le petit bateau gîte dangereusement. Tant pis, elle renonce et la pêche se transforme en flânerie. Elle se couche dans le fond de la barque et la laisse dériver. Les yeux dans le bleu, elle reste à écouter le froufroutement de la roselière toute proche, le clappement d'un poisson qui saute, l'appel d'un héron. Un instant de mélancolie la submerge lorsqu'elle se souvient de la balade hivernale avec Livio. Son canot bute sur une barène, l'un de ces îlots inondables. Elle débarque, la vase tiède s'épanouit entre ses doigts de pieds et fait remonter une odeur de fange. Plus haut, au sec, elle se couche à même le sol, l'air est lourd, le gravier et les brindilles s'enfoncent dans son dos et ses fesses. Elle éprouve une régression bienfaisante. Ne pas penser, ne rien décider, ne rien faire, être seulement là avec cette impression de s'ensauvager. Brusquement elle entend un moteur au loin. Pêcheur, plaisancier, avion ? Il la ramène à la réalité et elle le hait, comme s'il lui volait quelque chose.

En même temps que ses expériences halieutiques, Léa s'est passionnée pour le fonctionnement physique et biologique de la lagune. Son évolution a été marquée depuis quinze siècles du sceau des hommes, mais, jusqu'au tournant du xxe, personne n'avait dérogé à une idée fondamentale : c'est parce que la lagune est lagune que Venise est Venise. Elle se souvient de Livio expliquant que ces eaux ont soustrait la ville aux envahisseurs. Sans cette disposition, la cité aurait mille fois été prise et pillée. La lagune protectrice et nourricière a été modelée en permanence par les fleuves, les marées, et le travail des hommes. Des générations ont veillé sur ce subtil équilibre de terres et d'eaux. Puis tout a changé et on a cessé de regarder la lagune comme un être vivant avec lequel demeurer en symbiose. Le contrat a été rompu. Le creusement de canaux de douze mètres de profondeur vers Marghera a bouleversé la sédimentation, les pollutions industrielles et agricoles ont entraîné la disparition des plantes aquatiques qui retenaient les vases, les vibrations de la circulation incessante des navires ont rongé les berges, les engins de pêche non contrôlés ont labouré les fonds, l'assèchement d'une partie des marais a réduit la zone d'extension des eaux. Tout semble avoir été fait à l'envers. Quand la marée s'épuisait au long de mille canaux, entre des millions de racines, sur des centaines de kilomètres carrés, elle rentre maintenant vite et fort, grignote les barènes, jour après jour. La surface de ces zones exondées temporairement a diminué de moitié. Là où le flot paressait jusqu'à deux heures trente pour parvenir à Marghera, il arrive aujourd'hui en trente minutes et plus violemment. Les sédiments arrachés provoquent un creusement des fonds, qui sont passés en un siècle de quarante centimètres à un mètre quarante, rendant, en un cercle vicieux, les vagues toujours plus hautes et plus agressives.

Quand elle y pense, Léa pardonnerait encore aux inconscients des années 30 ou 50. Que savaient-ils, qu'avaient-ils compris de ces délicats équilibres ? Comment résister au mirage de l'industrialisation dans des territoires rongés par la pauvreté ? Mais inventer le MOSE, non ! Les choses avaient changé, les connaissances ayant avancé, il aurait été encore temps de renouer en douceur avec la lagune et de panser ses plaies, au lieu de lui infliger une blessure supplémentaire. À peine le barrage construit, le dérèglement climatique le rendra obsolète. Quand il faudra le faire fonctionner un jour sur deux, ou pire, c'en sera fini de l'indispensable mélange des eaux douces et des eaux salées. Le gradient de salinité qui permet l'exceptionnelle biodiversité de la lagune ne s'établira plus. Où vont se réfugier les délicates avocettes, les fines sternes, les balbuzards, les hérons, les aigrettes qu'elle a appris à connaître ? Elle se sent responsable devant ces espèces innocentes, ces prairies roses de salicornes, ces roseaux. Elle en veut à l'humanité tout entière.

Léa se crispe et pétrit une poignée de terre pour passer sa colère.

Ces ruminations gâchent la sieste que la jeune femme se promettait. Le vent se lève brusquement, comme souvent à l'heure de midi. Le ciel s'est pommelé et projette des taches léopard sur l'étendue clapoteuse. Léa remonte en hâte à bord et envoie les voiles. Le petit bateau bondit comme un animal et prend de la gîte. Le mât émet des craquements, le tissu se tend à éclater, le sillage bouillonne et prend la couleur vert-jaune de sables remués. Léa serre la barre à pleine main, heureuse.

Avant de rentrer, elle décide de pousser vers la bouche du Lido. Comme la passe était trop large pour ancrer correctement les portes, les concepteurs du MOSE ont érigé un îlot artificiel en son milieu. Ce rétrécissement a eu pour effet de renforcer la force et la vitesse des courants. Pour Léa, il ressemble à une verrue de béton et le PC opérationnel sur la berge, bunker surmonté de tuyaux, lui fait l'effet d'une mauvaise bête hérissée de tentacules. Une barge de travail est stationnée en travers de la passe et des plongeurs doivent s'activer sous la surface. Un type à la passerelle agite joyeusement la main vers ce joli navire aux voiles multicolores. Elle ne répond pas et vire de bord. Le MOSE est un animal maléfique qui va dévorer la lagune et transformer en marais puant ce miroir d'eaux vives.

Pour la première fois, Léa songe que la meilleure chose à faire serait de le détruire.

Matin glacial, un vent aigrelet tombe des Alpes. Une lueur rouge commence à parer un ciel par ailleurs d'un bleu outremer. Les eaux sombres sont constellées des traînées blanchâtres des vagues. La lagune offre rarement une ambiance aussi sévère, tranchante, violente, comme pour anticiper l'affrontement qui vient. Les guetteurs de Poveglia savent que c'est le moment où il faut être particulièrement attentif. L'assaut a toujours lieu au lever du jour. Il faut de la lumière, mais pas de témoins. Ils se sont extirpés de leurs duvets disposés près du poêle de la grande salle, ont enfilé les jeans raides de froid et superposé les pulls, qui serviront autant à protéger de l'air glacé que des coups. Léa n'est pas de garde, mais elle n'a pas mieux dormi. L'attente la mine plus encore que la peur du combat à venir.

Maria Alba a été formelle. Au début, sa fille s'est amusée de l'imaginer en Mata Hari au petit pied écoutant aux portes et farfouillant dans les dossiers quand Guido s'absentait. Cette quête timide a malgré tout été riche en enseignements. Il lui a fallu rassurer sa mère qui la suppliait de quitter l'île avant l'intervention de la police.

– Les flics sont déjà venus deux fois, mais ils n'ont pas de mandat et l'État italien, propriétaire de Poveglia, a d'autres chats à fouetter en pleine résurgence de la pandémie.

Les occupants avaient éconduit les autorités avec de belles paroles. Mais cette fois-ci, les informations sont alarmantes. Guido a trouvé son investisseur, il doit visiter les lieux dès la fin du confinement. Pas question qu'il y trouve une « bande de traîne-savates ». Ses bonnes relations ministérielles, la perspective d'emplois, le goût de l'ordre ont fait le reste. Maria Alba rend compte d'une reprise en main imminente. Alors les habitants de l'île ont discrètement recruté près de cinquante « warriors », aguerris. Héritiers des premiers habitants qui se barricadèrent contre l'ordre vénitien au IXe siècle, ils ont entrepris d'ériger sur les vieux échafaudages qui soutiennent la façade des plateformes sur lesquelles ils ont entassé pierres et projectiles. Ils ont construit des entrelacs de branches dans le bois pour entraver les chemins, préparé des pneus à brûler pour enfumer l'adversaire, mais aussi posté des porteurs de téléphones, chargés de relayer l'attaque et de mobiliser en direct sur les réseaux sociaux. La stratégie a fait l'objet d'un long débat. Finalement on a convenu d'empêcher la police d'accéder aux bâtiments, en résistant de la manière la plus passive possible. Léa voit bien que ce sont des mots de consensus. Autour d'elle, ces jeunes gens rêvent d'en découdre, portés par l'invincibilité de leurs vingt ans. Elle-même est tentée par l'affrontement. Les débats et les motions de cet été l'ont laissée insatisfaite. Le monde qui devait changer a repris son cours désespérant. L'abîme se rapproche et tout le monde s'en fiche. Leur île insignifiante au cœur de la lagune saurait-elle donner le signal de la résistance ? Pour autant la violence la tétanise toujours. Alors elle en marchande le degré : lancer des pierres, oui, mais pas plus, bien qu'elle subodore qu'une caisse de cocktails Molotov est entreposée quelque part. Si toute cette préparation a eu lieu dans une fébrilité plutôt joyeuse, le cri qui retentit dans l'aube leur met à tous la boule au ventre :

– Les voilà ! Trois vedettes. Ils accostent dans moins de dix minutes.

Casque, foulard sur le nez, citrons dans les poches, rembourrage de journaux aux épaules et dans le dos. Ils se préparent avec la fougue de chevaliers revêtant l'armure, avec le sens de l'intensité du moment et l'espoir d'entrer dans l'histoire. Léa s'efforce de ne pas trembler.

De son poste de lanceuse de pierres, sur les échafaudages, elle voit la mécanique se mettre en place. Tonino, le juriste, essaye de parlementer et d'empêcher le débarquement des hommes en noir. Le temps s'éternise, puis accélère : éclats de voix ; Tonino les bras en croix en un dérisoire barrage, ceinturé ; haut-parleurs ordonnant l'évacuation ; grouillement d'uniformes. Aux projectiles des « premières lignes », en bas répondent les gaz lacrymogènes. L'escalade, compagne du conflit, fonctionne naturellement : hurlements, pneus enflammés, fumées noires et rouges, mouvements confus. Quand Léa regarde vers le bas, la lutte fait rage, quand elle lève les yeux, le soleil glisse comme une paisible boule rose au-dessus du Lido. Deux mondes se côtoient, l'un doit être irréel, mais elle peine à dire lequel.

Les forces de l'ordre ne s'attendaient pas à une telle résistance organisée. Les hommes refluent vers les bateaux, puis repassent à l'attaque comme un va-et-vient de vagues.

– Ils les arrêtent !

Léa aperçoit, dans le brouillard puant des feux, des formes traînées à terre. Elle a lancé tous ses projectiles, de trop loin pour atteindre aucune cible, et fulmine, maintenant, de ne pas s'être portée volontaire pour être en bas, au cœur de la mêlée, dans le corps-à-corps que sa rage désire. Pour la première fois de sa vie elle voudrait partager cette violence, ces pulsions qui prennent le pouvoir, ces coups que l'on lâche sans retenue, cet incendie de l'esprit. Sur son perchoir, elle se sent dépossédée, impuissante.

La bataille semble perdue, quand éclate un cocktail Molotov, puis un second. Elle n'en avait pas imaginé la puissance. La boule de feu monte à plusieurs mètres, embrase herbes et branchages. Deux policiers se roulent par terre, quelques-uns de leurs collègues les frappent pour éteindre les flammes, pendant que les autres, galvanisés, s'élancent en hurlant. La guérilla tourne à la guerre. S'ensuivent quelques minutes d'intense confusion où attaquants et défenseurs semblent soudés les uns aux autres, comme une gigantesque bête animée de spasmes. Puis des coups de sifflet retentissent, les hommes en noir refluent. Aussi vite qu'ils étaient arrivés, ils remontent sur les vedettes qui prennent le large, salués par une ovation.

Moins d'une heure s'est écoulée. Le silence s'abat brusquement, troublé des craquements des buissons et des pneus qui brûlent encore sur le champ de bataille déserté. Le soleil se hisse dans un ciel sans nuages, les vaguelettes indifférentes se succèdent et s'il n'était le panache de fumées noires, rien ne semble être advenu.

Léa dégringole des échafaudages. Dans la grande salle, les combattants forment un groupe vibrant, dont il semble monter encore la vapeur de la lutte. Ils s'interpellent, tremblent d'excitation, ricanent nerveusement, se tapent dans le dos, encore surchauffés par l'action, hommes des cavernes revenant de la chasse au mammouth, chevaliers sortant du champ de lice, soldats redescendant dans les tranchées. Leur visage et leurs mains noircies arborent coupures et bleus, ils sont allés au bout de leur courage, se jetant dans la bataille. La déroute soudaine de l'ennemi les a surpris, pour un peu ils seraient étonnés par leur victoire. Mais leur triomphe a vite un goût amer.

– Les blessés… les gars bougez-vous, il faut les emmener à l'hôpital !

Dehors, un garçon courbé en deux se tient le ventre, deux autres gémissent dans les bras l'un de l'autre et Simon, le lutin roux, montre une vilaine blessure qui lui traverse le visage du front jusqu'au bas de la joue gauche, l'œil plein de sang.

Guido lance le rapport sur le bureau et s'encastre dans le canapé à côté de Paolo qui en occupe déjà plus de la moitié.

– Ils sont fous et ma fille est dans le coup ! Sers-moi un whisky.

L'adjoint à la culture tend la main vers le bar. Il n'est pas totalement mécontent de la déconvenue de Malegatti, qui commence à devenir omnipotent grâce à sa gestion de la pandémie. L'interdiction du passage des paquebots les a opposés, pour la première fois de leur mandat. Paolo sait qu'il a eu raison. Les habitants, l'opinion, jusqu'aux stars internationales qui remplissent les palaces, et l'Unesco tous s'étaient ligués. Il était temps d'en finir avec ces photos faisant la une, de vieilles rues à la perspective obstruée par ces géants tels des monstres à l'affût. L'adjoint aux affaires économiques, ce brave Guido, n'a qu'à se débrouiller pour faire accélérer les aménagements à Marghera afin de recevoir les trop grands navires. Mais l'affaire de Poveglia l'irrite encore plus. Transformer en palace une île déserte à un jet de pierre de Venise n'est pas une mauvaise idée, mais Malegatti trop pressé est en train de tout faire foirer.

– Tu as lu le dossier, lance Paolo sans aménité.

– Évidemment, la sécurité me l'a fait passer en priorité, bougonne Guido. Les flics s'y sont pris comme des manches, ils auraient pu se renseigner avant, on se demande pour quoi on les paye.

Il avale d'un trait son verre et en redemande.

– Des scènes de guerre civile, ce gamin éborgné et on a peut-être échappé au pire, soupire-t-il.

Il imagine avec effroi le visage de Léa couturé de cicatrices.

– Maintenant des manifestations contre les violences policières, reprend-il, on avait bien besoin de cela, quand on désespère de sortir du confinement et de faire revenir au moins les Européens. Mes investisseurs vont me claquer dans les doigts.

– Guido, tu es allé trop vite en besogne, réplique l'autre. Maintenant il faut calmer le jeu. Laisse ta fille et ses copains s'amuser quelques mois à jouer les châtelains dans la boue. Ils vont se lasser, crois-moi. On peut faire infiltrer le groupe pour les tenir à l'œil. Il y aura sans doute un moment où on pourra les pousser à la faute. Tu sais, ajoute Paolo à son tour sur la réserve, les gens d'ici sont fatigués. La maladie, les rentrées d'argent en chute libre, tout ce qu'ils veulent c'est que cela recommence comme avant. Ils ne veulent pas de la révolution. Et de notre côté, pas de vagues, on remet Venise sur pied en douceur. C'est ce que tout le monde attend.

– OK, OK…

Guido fixe son verre d'un air dépité, puis relève la tête.

– Enfin, heureusement que le MOSE fonctionne, ça arrive juste au bon moment. On peut enfin clouer le bec aux oiseaux de mauvais augure, sans compter ce que ces épisodes d'acqua alta coûtaient à l'économie.

Il se lève et s'approche de la fenêtre. Un jour sec et lumineux découpe les silhouettes des palais nettes et franches et baigne les façades d'un or pâle qui fait scintiller les vitres. Sur le canal, le trafic a doucement repris. Venise va à pas lent, comme une malade en convalescence. L'activité ressemble à celle d'il y a vingt ans et Guido éprouve une bouffée d'impatience.

Paolo a lu dans ses pensées, mais se fait un malin plaisir à appuyer là où cela fait mal.

– Oui, c'est une bonne chose, en admettant que le MOSE fonctionne correctement.

Souviens-toi que la dernière fois la montée du niveau a été mal évaluée et l'inondation a quand même eu lieu. Cela frisait l'incompétence. J'ai aussi entendu de mauvais bruits sur des portes déjà défectueuses. L'acier employé n'est pas le bon, paraît-il.

Il se recale sur le sofa et fait tournoyer son whisky d'un air songeur.

– Parfois, je me demande si les opposants n'ont pas un peu raison. Selon toute vraisemblance, le niveau de l'eau va continuer à monter, le MOSE va finir par fonctionner un jour sur deux. Ce ne sera plus Venise dans sa lagune, mais Venise dans un pot de chambre.

Guido se retourne avec tant de violence que du liquide s'échappe de son verre.

– Ah, non ! Tu ne vas pas t'y mettre ! Nous avons investi six milliards d'euros pour rien ? Les meilleurs ingénieurs d'Italie, trente ans d'études, balayés ? Le système marche enfin et monsieur fait la fine bouche parce que quelques professeurs oubliés ont pondu un rapport défavorable ! Tu veux que je te dise, ces gens-là ne seront jamais contents. Ce qu'ils veulent c'est bannir les touristes, mettre Venise sous cloche et pourquoi pas revenir au pourpoint et à l'épée. Moi je suis du côté de ceux qui travaillent et qui ont des fins de mois à payer. Je ne crois pas à ces histoires de ville qui coule ou de lagune qui meurt, et même si c'était vrai, on trouvera des solutions. On est bien allé sur la Lune, ce n'est pas quelques centimètres d'eau qui doivent nous faire peur.

Il avale la fin de son verre d'un coup sec et s'affale à son bureau. Une manière de dire que l'entretien est terminé.

Paolo fait durer le plaisir. Il continue à faire tournoyer son whisky en fixant son verre comme si quelque vérité allait en sortir.

– Allez, ne t'énerve pas. Bien sûr que le MOSE va nous protéger, en tout cas nous donner du temps. D'un autre côté, il faut tenir compte des réalités, ne pas être dans le déni. Les choses changent, ce ne serait pas la première fois qu'une ville disparaîtrait.

La réponse claque :

– Le déni c'est eux, moi je travaille.

Léa n'a pas voulu retourner dans l'appartement de Cannaregio. Quand elle a retrouvé Livio à la manifestation pour dénoncer l'attaque de Poveglia et qu'il lui a proposé de prendre un verre, elle a choisi un petit bar près du campo San Giacomo. Cette place ombragée de platanes et de robiniers garde un air de province qui l'apaise. Le visage de Simon la hante, la longue balafre, l'œil mort, suintant, rougi sous la paupière tombante, la réveillent la nuit. L'enquête n'arrive pas à démêler s'il s'agit d'une grenade lacrymogène à tir tendu ou d'un éclat de verre ou de pierre issu des manifestants. Mais pour elle peu importe. La violence et la possibilité de la mort sont entrées dans sa vie. Mourir pour des idées semblait réservé à des pays lointains affublés de sempiternelles dictatures, inconcevable en Italie, au cœur d'une Europe en paix. Le calme phalanstère de Poveglia a vécu et ses illusions avec. Elle a peur, cauchemarde la nuit, se sent acculée, sans solution. Mais par-dessus tout est venue la haine, une haine pour ceux qui saccagent au nom de l'argent, qui vivent dans le déni des conséquences, qui ne parlent qu'au présent, et qui ont envoyé leurs sbires. Tout se mêle et se bouscule dans sa tête. Léa inclut dans sa vindicte ces mollassons qu'elle voit passer devant elle sur cette place, ces gens qui ne pensent qu'au confort et à la consommation. La manifestation a rassemblé peu de monde. Qui défend les défenseurs ? Elle voudrait les prendre un à un et les secouer pour en faire tomber les cartes de crédit. L'effet lénifiant de la verdure de la placette n'aura pas duré.

La longue silhouette moulée dans l'éternel col roulé noir ne lui provoque pas de pincement au cœur, juste un voile de nostalgie.

Livio lui semble avoir vieilli en peu de temps, ou le voit-elle différemment ? Le visage plus émacié, les pattes aux coins des yeux et de la bouche plus prononcées ? Elle a toujours eu l'impression que les gens, en prenant de l'âge, semblaient se vider de leur substance par l'intérieur et flotter progressivement dans une enveloppe trop grande.

Il lui effleure les cheveux d'un baiser en plaisantant pour cacher une once de malaise :

– Avec le virus, plus personne ne se dit bonjour correctement ! Comment vas-tu Léa ?

Il case sa carcasse sur la chaise de la minuscule terrasse.

– Bien, ment-elle, enchaînant par bravade : on attend le prochain assaut.

Livio la regarde longuement. Il a l'habitude d'évaluer ses élèves, leur degré d'angoisse, d'ennui, d'impertinence. La jeune femme qu'il a devant lui est bien Léa, mais une autre Léa, des rondeurs en moins, les traits plus anguleux, le dessin des lèvres imperceptiblement plus pincé et surtout dans les yeux un mélange de tristesse et de colère qu'il ne lui avait jamais connu. Cette femme-là est prête à tout.

– Et Simon ?

– C'est l'horreur. Son œil est perdu. On lui a promis des interventions pour atténuer la cicatrice. Il serre les dents, mais l'autre jour, il a cassé le miroir dans sa chambre d'hôpital. Je pense qu'il va rentrer en Angleterre.

Sous le ton sec et factuel, Livio la sent étouffer d'une émotion rentrée.

– Fais attention à toi, Léa. Je pense que vous allez avoir la paix pendant un moment. Cette histoire a fait trop de bruit. Mais ils ne lâcheront rien. Je ne voudrais pas que tu...

– Trop de bruit ? coupe-t-elle, tout le monde s'en fout ! Tu as vu combien nous étions à protester.

Elle balaye brutalement la place d'un revers de bras. Le campo ronronne sous le frais soleil. Les mamies poussent leurs cabas à roulettes, des promeneurs bâillent sur les bancs, le visage tourné vers la lumière, quelques touristes s'affairent autour de l'église, la mitraillant de leurs portables.

– Ils sont tous dans le déni. Je pensais que c'était réservé à mon père et ses copains, mais regarde-les ! Ils roulent vers l'abîme en chantant. La ville est en danger de mort et ils font des courses et des photos.

Sa lèvre supérieure tremble. Livio laisse échapper un sourire.

– Holà ! Calme ! Tu ne changeras pas les gens en cinq minutes. Pédagogie, persuasion, mobilisation. Je sais cela prend du temps, mais c'est la seule solution. Regarde les gros navires. Cela a pris plus de dix ans, mais ça y est, on a gagné. Je ne suis pas sûr que la guérilla sur une île soit le meilleur moyen de faire prendre conscience aux gens.

Il reprend un ton sérieux, dompteur attentif aux tressaillements de sa panthère.

– Tu devrais revenir à Venise. Au début, Poveglia était une superbe idée, un symbole. Mais maintenant il faut avancer, parler à tout le monde. Se terrer là-bas, avec les risques de violence, ne sert qu'à faire peur à ceux à qui tu veux justement parler.

– Mais la violence c'est eux !

Léa tape si fort du poing sur la table que la tasse à café sursaute et que les passants se retournent.

– Dix ans pour virer les navires de croisière, et encore, pas si loin, on va voir tous les touristes débarquer en bus depuis Marghera. Les autorités ont lâché un os parce qu'elles ne pouvaient plus faire autrement. Mais pendant ce temps-là, ça continue. Tu les entends ? « Faire redémarrer l'économie », « Retrouver notre fréquentation touristique », « Vive la croissance »... et maintenant ils nous servent le MOSE comme l'alpha et l'oméga, alors qu'à terme cette solution est pire que tout et que pendant ce temps-là on ne met pas l'argent là où il faut.

Livio sait le terrain glissant, mais s'il a voulu revoir Léa, c'est avec une idée en tête, et il tente de louvoyer.

– À terme tu as raison, mais le MOSE nous offre quand même un répit de dix à quinze ans. À nous de le saisir. En démocratie, pas d'autre solution que l'explication et la persuasion, on ne fait pas le bonheur des gens malgré eux. J'ai une proposition à te faire. Je fais partie d'un groupe de la gauche écologiste qui travaille à une liste pour prendre la mairie. Je sais, c'est dans trois ans. Mais justement, cela nous donne le temps d'un travail de fond, en particulier à Mestre et à Marghera. Nous voulons absolument ouvrir la liste à des femmes et à des jeunes. Ça ne te dirait pas de venir discuter ?

Léa bondit sur ses pieds, son visage se ferme d'un coup et elle crache :

– Tu te fous de moi ! On nous éborgne et tu veux palabrer, ergoter pendant des années. C'est minable ! Et maintenant le MOSE serait une bénédiction ! Un répit pour quoi ? Pour que la situation s'aggrave encore pendant que vous papotez comme une bande d'irresponsables.

Elle rapproche son visage de celui de Livio, presque jusqu'à le toucher, et articule à l'excès :

– Voilà ce que vous êtes, des irresponsables. Tu crois qu'il y a du temps, tu es autant dans le déni que les autres. Il faut agir maintenant, vite, fort, ou crever. Je vois que tu as choisi ton camp.

Elle se redresse, arrache son sac d'un coup sec à la chaise, qui tombe, et s'éloigne en courant. Le patron du bar, qui croit à une querelle d'amoureux, adresse un clin d'œil à Livio médusé.

Elle court, sans savoir où, pour se débarrasser du voile poisseux de l'impuissance et de la défaite. Elle se sent trahie une seconde fois. C'est pourtant lui qui lui a ouvert les yeux, et maintenant il recule devant le feu qu'il a lui-même allumé. Elle ne le hait pas, elle le méprise.

Elle se coule dans les veines de la ville, enchaîne rios, calles, ramos, bouscule sciemment un couple qui se sourit sans rien voir ailleurs. Il lui semble que le claquement de ses chaussures enfle le long des pierres, comme si Venise reprenait ce signal de colère, l'amplifiait, le transformait en une clameur de détresse. Ses pas finissent par la ramener sur les Zaterre, et l'ouvert du ciel l'aide à respirer. Elle ralentit l'allure, finit par s'asseoir les jambes ballantes contre le quai, se laisse un moment hypnotiser par l'eau qui court, animée des vaguelettes des navires qui passent. Elle veut faire le vide dans sa tête et à cet instant elle n'est pas loin de la tactique de son père qui ne fait confiance qu'à ses intuitions du réveil. Des mots se forment sur ses lèvres, elle murmure pour elle-même et pour cette ville qui est la seule à la comprendre.

– Je ne laisserai pas tomber. Pour Simon, pour Venise. Cette ville est un symbole. Tout peut partir d'ici.

Elle se souvient que Venise s'enorgueillit d'avoir inventé le travail à la chaîne à l'arsenal, et le système bancaire au Moyen Âge… le capitalisme, en quelque sorte.

Elle s'emballe toute seule.

– Alors c'est ici qu'il va mourir. Inventer autre chose. Créer un choc, forcer les gens à sortir de leur déni, leurs compromissions, rendre la situation irréversible.

Le soleil commence à baisser derrière la Giudecca, le froid lui pique le visage et lui fait reprendre pied dans la réalité. Elle rejoint le voilier. Elle pourrait rentrer directement à Poveglia, mais par besoin de se calmer, laisse le petit navire filer vent de travers. Les sensations de son corps, le clapotis de l'eau, la résistance de la barre, ce langage simple lui vide la tête. Dans le soir mauve, la ville et les grandes îles s'allument, les ducs-d'Albe signalant les canaux commencent à clignoter. La brume sourd et nimbe chaque lumière d'une auréole. On jurerait un décor de Noël. Léa va et vient sans but dans cet espace clos de la lagune, se plaît à s'imaginer seule contre le reste du monde.

Elle vire au ras de l'entrée de l'arsenal, la vieille gloire de Venise, qui lui donna la maîtrise des mers, du pouvoir, de l'argent, et qui aujourd'hui abrite les bureaux des ingénieurs du MOSE. Elle lance le bateau vers l'ouvert de la passe du Lido, elle a besoin de quitter l'étroitesse du plan d'eau. Une longue rangée de bouées lumineuses balise le chenal, permettant d'éviter l'île artificielle qui ponctue l'ouvrage. Silencieusement, Léa passe par-dessus les portes immergées. Elle les sent là, les perçoit comme les dents d'une mâchoire prête à se refermer, une menace diffuse.

À ce moment précis lui vient l'illumination. Que fait-on quand on vous montre les crocs ? Beaucoup vont prendre la fuite, mais quelques-uns vont résister et donner un coup de pied. De toute la force de sa rage, elle comprend qu'il n'y a qu'une issue : donner le coup de pied, faire sauter le MOSE.

Le printemps va et vient. Certains jours la brume s'élève de la lagune comme une vapeur méphitique, dégouline le long des murs, poisse les carreaux, et la ville paraît grise et fade. Le lendemain, le soleil se pose sur l'horizon dès le matin, effaçant jusqu'au souvenir des jours précédents. Les roses et les ocres se reflètent dans les canaux calmes comme des draperies animées du seul passage des bateaux. La chaleur pousse les plantes à l'assaut des murs et des anfractuosités des pierres, la barbe d'algues vertes s'allonge contre les quais. Venise, en jaune et vert, sent la chlorophylle et l'humus tiède.

Maria Alba a le cœur en fête, et le beau temps n'en est pas la cause principale. Léa va venir, pour la première fois depuis la nuit du collier.

La porte claque et cette brusquerie oubliée lui arrache un sourire. La balancelle accueille les retrouvailles de son lent mouvement. La mère est inquiète, la fille est taiseuse. Le drame de Poveglia est contenu dans un murmure de paroles convenues. On n'appuie pas là où cela fait mal. La discussion languit. Maria Alba tente quelques stratagèmes pour ramener sa fille à Venise, sinon à la maison. Léa élude. La balancelle crisse. La jeune femme sait précisément pourquoi elle est revenue, mais il ne faut rien brusquer. Elle a le sentiment bizarre d'être en visite chez elle. En entrant, la familiarité des meubles, des tableaux, des bibelots l'a frappée. Elle peut encore décrire les pièces les yeux fermés, retrouver la place de chaque objet. Mais elle n'en ressent pas plus d'émotion qu'à la visite d'un musée. Elle pourrait dire la même chose de Maria Alba. Sa mère fait partie du décor et, comme lui, a un goût de passé. Léa ne ressent ni dépit, ni colère ni, surtout, amour. Finalement, elle en vient au sujet qui lui tient à cœur.

– Papa a laissé son ordinateur ? Il y a des documents qui m'intéressent. Je peux jeter un œil ?

Elle connaît la dévotion de son père pour le MOSE. Faire sauter le barrage nécessite avant tout une parfaite connaissance du système, qui ne traîne pas sur internet, mais Guido a possiblement accumulé des informations auxquelles sa position donne accès.

Maria Alba renâcle :

– Ce sont les affaires de ton père. Il n'aimerait pas…

Elle ne finit pas sa phrase, Léa l'a prévue :

– Mais tu as bien regardé toi-même quand je te l'ai demandé pour Poveglia !

La mère baisse la tête, se triture les mains, sans savoir de quel côté pencher : son mari ou sa fille. Léa n'attend pas la réponse et file dans le bureau. Le mot de passe n'a pas changé, elle trouve facilement un gros dossier MOSE, charge sa clef USB, son premier pas vers la fin du monstre.

Le printemps a beau être là, Léa sent le froid partout. Le lit ne s'est pas réchauffé de toute la nuit, et d'autant plus qu'aucune présence masculine n'y pallie. Les draps sont poisseux sur la peau, l'air humide pique le nez. Le silence, surtout, confine au glacial. Depuis que Poveglia n'est plus un enjeu, elle est délaissée. Quand l'information de l'abandon du projet immobilier a filtré, les occupants n'ont pas eu le cœur à célébrer une victoire si cher payée. Le groupe sans plus d'objectif s'est effiloché. Simon et Cristina sont en Angleterre, les black blocs envolés vers d'autres combats, même le noyau historique s'est fatigué de cette vie spartiate et sans but. Léa a passé l'hiver quasiment seule dans l'île. Elle ne parvient pas à savoir si c'est un luxe ou une punition. Elle vaque, va à la pêche, s'escrime à tenir les ronces à distance du jardin, lit, passe des heures infinies à bricoler pour garder les lieux vaguement habitables. Le jour naît, le soir tombe et puis le jour recommence. L'hiver s'est traîné, monotone. Elle ne l'a vu que gris : grise la forêt sans feuilles ligotée par ses lianes, grise la lagune endormie, grise son humeur. Elle se sent l'âme d'un animal qui hiberne ou d'un papillon qui attend sa mue. Poveglia est son terrier, sa thérapie. Elle y soigne par des tâches besogneuses l'excès de pensées et d'actions des mois derniers. Comme un ivrogne repenti éviterait les bistrots, elle se garde de voir du monde, de palabrer, de militer. Elle s'est donné l'année scolaire de « slow life » puisque de toute façon elle a raté la rentrée universitaire. Elle a remâché son idée de détruire le MOSE, mais la route est longue pour une novice du sabotage. Avec l'arrivée du printemps, elle se force à repenser à l'action. Dans les papiers de Guido, elle a effectivement trouvé des indications techniques et des plans. Elle exclut de s'attaquer au PC opérationnel, ce qui provoquerait des blessés, voire pire, mais que sait-elle de l'endroit où il faudrait placer des charges pour détruire les portes sous l'eau ? La vente du collier rapporterait sans doute de quoi se fournir en engins explosifs, mais où les acheter et apprendre à les manipuler ? Il lui faut des accointances, des complices. Elle ne sait pas à qui s'adresser, n'ose pas en parler, de peur qu'on la traite de folle ou pire qu'on la dénonce. Il faut attendre une opportunité. Elle attend.

Souvent, le soir, elle prend le zodiac et va rôder dans Venise. Elle arpente les canaux à petite vitesse. En dehors de quelques artères, la ville est sombre et silencieuse, peu de lumières aux fenêtres, une atmosphère plus fantomatique encore que d'habitude. Les palais et les églises, les beautés et les luxes ont été faits pour être admirés, enviés, impressionner, servir le pouvoir. Mais le vrai pouvoir de cette ville aujourd'hui est celui d'abolir le temps, et celui-là n'appartient qu'à ceux qui y habitent au jour le jour, le long de ces rios sombres. Se promener quelques heures durant parmi des monuments ne procurera jamais ce luxe de vivre au quotidien au cœur des siècles, d'y tutoyer, en quelque sorte, l'immortalité. Léa se laisse bercer par son vagabondage. Elle imagine surgir au coin des quais une foule mêlant les chevaliers et les putains, les portefaix et les soudards, les mamies poussant leurs caddies ou le menuisier de San Trovaso. C'est d'être habitée qui rend Venise unique. Une cité musée serait une cité morte.

Quand le froid lui raidit les muscles, elle rentre à Poveglia, apaisée. Il lui vient la certitude que le combat ne peut qu'être gagné. Comment imaginer qu'il en soit autrement ? Que Venise disparaisse, emportant avec elle cet accès à l'éternité ?

Les jours se suivent, l'un poussant l'autre, jusqu'à ce fameux matin. Léa se réveille en proie à une inexplicable angoisse. Rien ne semble différent, mais quelque chose rôde. Elle le sent.

Toute la matinée, elle tourne en rond, n'arrive pas à se concentrer sur son rafistolage des fenêtres, s'interrompt, regarde dehors, se reprend. Il faut pourtant faire vite avant le mauvais temps de ce soir, pour ne pas être inondée une fois de plus. Ce n'est pas la première tempête qu'elle voit déferler. Sur Poveglia, elle a pris l'habitude de la basse sourde des vagues, de la pluie dont le claquettement s'amplifie devant chaque nuage, du vent qui joue une cacophonie dans les tubulures des échafaudages, des plastiques qui claquent et se déchirent, d'une pierre ou de ferraille qui dégringolent de nulle part, malmenées par les années. Au rio del Malpaga, du fond de son lit, elle n'accordait jamais beaucoup d'attention à ces vacarmes, mais sur l'île elle vit ces tensions comme le capitaine d'un navire en mer. Elle va passer la nuit l'oreille aux aguets. Pour le moment le ciel est juste plombé, sans vent, en attente. La lagune est une masse presque noire que les rares navires ont l'air d'avoir du mal à labourer. Elle a écouté la météo, vérifié sur l'appli. Ça va valser ce soir et le MOSE fermera. Être seule sur l'île pour affronter le mauvais temps ne l'inquiète pas. Poveglia est nichée contre le Lido, les vieux bâtiments en ont vu d'autres. Au pire le rez-de-chaussée sera inondé et elle a vidé les placards de la salle du bas. Son seul souci va au campanile de plus en plus branlant, mais vu la direction du vent, s'il devait s'écrouler ce ne serait pas sur la partie d'habitation.

Léa se remet au travail, s'arrête à nouveau. La tension la poursuit, l'oppresse, sans qu'elle puisse analyser si elle provient de l'eau pour le moment trop lisse, des nuages qui roulent leurs édredons de plus en plus noirs, ou de quelque chose au fond d'elle-même. Une peur enfantine de la solitude ? Une prémonition ?

À l'heure où, à quelques kilomètres, Guido sort de la Ca' Farsetti, Léa finit de haler le zodiac et le voilier à terre et de les amarrer solidement. La nuit vient si vite, les conditions se détériorent à toute allure. Le vent joue déjà de l'orgue et tord les arbres de l'île.

Elle s'est mise au lit et tente de lire. Peine perdue, les lignes dansent sans qu'elle y trouve du sens. L'angoisse se love au creux de son ventre et l'empêche de penser. Elle finit par éteindre et dans le noir guette les rafales qui s'annoncent en grondant. Plus le vent forcit et monte dans la gamme, plus elle se sent impuissante. Par moments, il lui semble entendre les borborygmes de quelque puissance maléfique. Les minutes et les heures n'en finissent pas. À chaque fois qu'elle croit détecter une accalmie, ce n'est qu'un répit de la tempête, qui semble s'amuser à jouer avec ses nerfs. Au milieu du vacarme, elle distingue les craquements des arbres qui s'abattent et les cliquetis des tuiles qui volent. À l'heure où le téléphone sonne chez Guido, Léa, n'y tenant plus, s'est habillée. Elle s'est postée en haut des marches de l'escalier ouvrant sur la grande salle. De l'eau aux reflets huileux l'a envahie et clapote dans la pièce avec un écho caverneux. Elle renonce à s'y aventurer, rien ne sert de se risquer à l'extérieur. Elle est assise, la joue appuyée contre le mur qui tremble, un pauvre mur gluant qui fait un piètre écho à celui qu'elle avait senti, si tiède, par une belle matinée près de San Zanipolo. Il lui semble que cela fait une éternité. Depuis qu'elle est recroquevillée là, elle pleure, à corps perdu, les larmes l'étouffent. Elle sanglote à l'unisson de la pluie, elle se vide, comme le ciel se vide. Dans ce noir de caveau, secouée par la tourmente quelque chose craque en elle. Elle éprouve un sentiment de deuil et d'impuissance. Venise, les bouddhas de Bâmiyân, les oiseaux de la lagune, les beautés, les espoirs, tout se mêle dans sa tête. Elle pleure sur elle-même et sa vie qu'elle croit déjà inutile. Elle est arrivée trop tard et ses efforts sont vains. Ni la raison ni la colère et aucune sorte de miracle n'empêcheront la marche à l'abîme. Léa flotte dans un magma émotionnel où rien ne fait plus sens et surtout pas l'avenir.

À un moment, elle perçoit l'énorme grondement qui roule depuis la ville et les secousses qui sont en train de la détruire. Des pierres s'abattent depuis le campanile, le mur vacille plusieurs minutes. Un ressac se forme dans l'eau noire et claque le long des murs comme autant de coups de feu.

Peut-être s'est-elle endormie d'épuisement, à moins que l'angoisse n'ait effacé ces heures de sa mémoire. Un autre grondement la tire de son coma, le vrombissement d'un hélicoptère.

Avec précaution, Léa traverse la salle boueuse, débouche sur la pelouse extérieure jonchée de débris et se tourne pour observer l'appareil qui vole vers Venise d'où s'élèvent des panaches de fumées grasses.

Depuis son escapade dans Venise dévastée, Guido tourne en rond. Comme un membre amputé, la ville continue à lui faire mal. Certains matins, il ouvre les yeux la tête farcie de projets de l'ancien monde, pour retomber douloureusement dans la réalité. La cité n'est plus et lui n'est qu'un corps allongé, inutile, frustré. Les semaines passent. Les dates du carnaval approchent. Il aimait Venise à ce paroxysme. Pas seulement l'afflux touristique et les affaires à leur apogée, mais surtout l'excitation, la jouissance, la déraison qui saisissaient les corps et les cœurs. Au sortir de l'hiver, même sous le vent encore piquant, parfois sous la pluie, Venise criait, chantait, dansait, se roulait dans la boue, buvait jusqu'à vomir, forniquait dans les ruelles ou les palais. Cette année, il n'y aurait que les regrets, le concert des pleureuses médiatiques, le frisson de l'horreur. Ces évocations l'insupportent.

Il rêvasse dans son lit, contemple les fissures du plafond. La mort, la perte, la déchéance, l'impression d'irrémédiable l'avaient saisi en revoyant la ville. Il tremble encore de cette émotion.

Émotion !

Guido sourit tout seul, sa bouche gourmande a l'involontaire mouvement de mordre. Enfin, une de ses fameuses intuitions !

Tout à coup, il la voit, la Venise de demain : la mise en scène des ruines, l'exhibition des lambeaux de splendeur.

Évidemment il y a fort à faire, déblayer, soutenir les bâtiments décatis, surtout les plus emblématiques, sans doute détruire les autres, trop fragilisés ou trop coûteux à restaurer. Le Parthénon ou le Machu Picchu fascinent autant par la beauté de leurs ruines que par le vide entre elles qui excite l'imagination. La Vénus de Milo, amputée, n'est-elle pas plus émouvante encore ? Est-ce qu'elle vous tendait les bras ou retenait pudiquement un linge sur son sexe ? Est-ce une amante ou une pucelle ? La splendeur détruite est poignante, elle parle des vanités passées, de la fragilité humaine jusque dans ses plus glorieuses réalisations. Une ruine relie, donne un sens à la chaîne des générations, elle nous inclut dans le passé, nous forge des racines.

Le choc qu'il a ressenti devant la ville dévastée, des milliers, des millions de personnes rêveraient de le vivre. Alors, qu'est-ce qu'on attend ?

Le drap frémit, Guido s'emballe et déjà il a faim des piles de dossiers débordants.

Investisseurs : l'État bien sûr, prendre rendez-vous aussi auprès de la région Vénétie, l'Unesco évidemment... les grandes fondations, les anciens propriétaires des palais...

Pourquoi pas un appel au peuple, chaque donateur donnant virtuellement son nom à une pierre...

Un forfait journalier de visite pourrait valoir 100 euros. Combien coûte une journée aux sports d'hiver ? Venise vaut bien mieux !

Les millions commencent à lui valser dans la tête. Les parties nord et est de la ville, les moins touchées, peuvent sans doute être restaurées, on doit pouvoir y recréer des hébergements, de l'hôtellerie et un arrière-plan logistique, au service de la visite des ruines.

Il les voit les gondoles à nouveau chargées à ras bord, même les énormes navires de tourisme que l'on n'accusera plus de saper les fondements d'une ville déjà détruite !

Il l'imagine le musée en 3D qui raconte la catastrophe, comme si vous y étiez. La vie revient, l'animation au lieu de cet insupportable silence, les commerces, les emplois, la prospérité, les sourires…

Et lui, modeste cheville ouvrière de cette renaissance, personnage devenu incontournable, respecté, passant à la postérité comme un sauveur. Lui, fils d'un obscur paysan de Vénétie.

Trop tard pour la plupart des joyaux d'architecture, tableaux, sculptures, fresques, meubles et objets rares que l'enthousiasme et le talent des hommes ont forgé des siècles durant. Trop tard pour que quiconque communie encore avec ces beautés. Mais pas trop tard pour que Venise attire à nouveau des humains et la prospérité.

Léa s'est promis de finir la rangée, même si son dos la brûle. Sarcler, biner, gratter lui procure le même type de réconfort que lorsqu'elle nettoyait Poveglia, celui d'un travail visible, palpable. Aujourd'hui s'y ajoute le besoin de s'épuiser physiquement, la seule condition pour qu'elle puisse dormir sans être assaillie de cauchemars, sans être poursuivie par l'odeur de la fumée, le ballet des hélicoptères vrombissant comme des mouches autour d'un cadavre, la vision de la chambre froide de l'abattoir transformé en morgue où elle a erré à la recherche de ses parents.

Ce n'est qu'après plusieurs mois qu'elle a appris qu'il vivait mais qu'elle était portée disparue. Maria Alba, inséparable descendante de Venise, ne pouvait que mêler ses os aux pierres. Elle n'aurait pas survécu à son anéantissement. Quant à Guido, qu'a-t-elle encore à lui dire ?

Mais la fatigue physique n'est rien au regard de cet épuisement des vaincus, cette impression que son fluide vital lui a été retiré. Elle a failli, pas su se battre, pas pu convaincre ou pas assez vite. Comprendre avant les autres n'a pas suffi.

Elle a quitté Venise le jour même de la catastrophe, s'est enfuie, écrasée par le sentiment de sa responsabilité, et a trouvé refuge dans cette communauté qui occupe en bordure de Padoue des terrains qu'elle dispute à des promoteurs. Elle est arrivée comme une grande blessée, on la laisse tranquille. Petit à petit, la terre qu'elle travaille, les plantes qu'elle voit pousser comblent ce vide qui l'habite.

L'après, quand elle sera solide à nouveau, Léa ne veut pas y penser.

Le monde est vaste et elle n'a que dix-huit ans.

Mes remerciements vont d'abord à mes amis Vénitiens :

Cristina infatigable libraire de Venise qui m'a immédiatement pris sous son aile pour rencontrer et comprendre Venise et ses habitants,

Lamberto et Tea pour toutes les balades, les commentaires et… les bons restaurants,

La Compagnia della vela, pour l'accueil et la sortie sur les vieux gréements,

Alice qui m'a ouvert son carnet d'adresses.

Remerciements aussi à mes relecteurs avisés : Manuel, Benoît et Emilie.

Cet ouvrage a été composé
par Nord Compo à Villeneuve-d'Ascq (Nord)
et achevé d'imprimer sur Roto-Page en avril 2022
par l'Imprimerie Floch à Mayenne
pour le compte des Éditions Stock
21, rue du Montparnasse, 75006 Paris

PAPIER À BASE DE FIBRES CERTIFIÉES

Stock s'engage pour l'environnement en réduisant l'empreinte carbone de ses livres. Celle de cet exemplaire est de :
650 g éq. CO_2
Rendez-vous sur www.editions-stock-durable.fr

Imprimé en France

Dépôt légal : mai 2022
N° d'édition : 01 – N° d'impression : 100389
85-51-7513/0